A SONATA
KREUTZER

Margriet de Moor

A SONATA
KREUTZER

Romance

Tradução
Cristiano Zwiesele do Amaral

JOSÉ OLYMPIO
E D I T O R A

Título do original em holandês
KREUTZERSONATE

© 2001 by Margriet de Moor

Reservam-se os direitos desta edição à
EDITORA JOSÉ OLYMPIO LTDA.
Rua Argentina, 171 – 3º andar – São Cristóvão
20921-380 – Rio de Janeiro, RJ – República Federativa do Brasil
Tel.: (21) 2585-2060
Printed in Brazil / Impresso no Brasil

Atendimento direto ao leitor:
mdireto@record.com.br
Tel.: (21) 2585-2002

ISBN 978-85-03-01105-1

Capa: INTERFACE DESIGNERS / SERGIO LIUZZI
Foto de capa: JOHN LAMB / GETTY IMAGES

A publicação desta obra teve o apoio da Fundação para Produção e
Tradução de Literatura Holandesa (Nederlands Literair Productie-en
Vertalingenfonds – NLPVF – www.nlpv.nl)

Texto revisado segundo o novo Acordo Ortográfico da Língua
Portuguesa.

CIP-BRASIL. CATALOGAÇÃO NA FONTE
SINDICATO NACIONAL DOS EDITORES DE LIVROS, RJ

	Moor, Margriet de
M812s	A sonata Kreutzer / Margriet de Moor; tradução Cristiano Zwiesele do Amaral. – Rio de Janeiro: José Olympio, 2011.
	Tradução de: Kreutzersonate
	ISBN 978-85-03-01105-1
	1. Romance holandês. I. Amaral, Cristiano Zwiesele do. II. Título.
11-6505	CDD: 839.313
	CDU: 821.112.5-3

Com meus agradecimentos a Henk Guittart, violista do Quarteto Schönberg, e a Milan Škampa, violista do Quarteto Smetana, em cuja análise do primeiro quarteto de cordas de Janáček está baseada a descrição do capítulo doze.

O dever da castidade é bastante abrangente.
Queremos nós que as nossas mulheres refreiem
a sua condescendência?

Não vejo mais matrimônios dissiparem-se rapi-
damente em névoa e fracassarem que quando se
fundamentam na beleza e nos desejos amoro-
sos. Seriam necessários alicerces mais sólidos e
duradouros, além de um olhar atento; um com-
portamento irrefletido não serve para nada.

Michel de Montaigne

1

Dez anos depois, voltei a encontrar o cego, crítico musical de berço nobre, Marius van Vlooten, que, nos seus anos estudantis, disparou uma bala contra a própria cabeça por conta de uma infeliz história de amor. Era o último da fila diante de um balcão de *check-in* no Aeroporto Schiphol, e o reconheci de imediato pela aura de cólera que pairava em torno da sua figura enorme e encurvada. O seu crânio luzia. Envolto num impermeável azul-escuro apesar do belo tempo estival, avançava lentamente com a fila, ao ritmo do toque seco de sua bengala branca. Lembrei-me de como me surpreendera da outra vez a falta de destreza com que explorava o solo com a bengala ao mover-se, como se tivesse deixado, na fase inicial de sua cegueira, na sua juventude, de treinar esse sentido especial e desenvolver os hábitos apropriados. Entrei na fila atrás dele. Supondo que ele, assim como eu, estivesse indo ao Festival de Salzburgo, decidi falar-lhe.

Dei uma tossidela.

— Senhor van Vlooten... — toquei-lhe mansamente o braço com os dedos, lembrando-me de que, para um cego, as pessoas se faziam anunciar pela voz e pelo toque, emergindo de repente do nada.

Disse-lhe o meu nome.

— Talvez não se lembre mais de mim, mas já nos encontramos...

Voltando-se bruscamente, impôs-me silêncio gesticulando com a mão. Ficamos frente a frente. Com um choque, vi como o seu rosto havia mudado, e mal pude acreditar que fosse apenas o tempo o responsável por tal devastação. Sob os seus olhos se viam bolsões negros, e um músculo vigoroso repuxava para baixo um dos cantos da sua boca. A cicatriz em cova deixada acima da orelha pelo disparo, em outros tempos, já me era familiar; em vez de provocar-me um susto, só fez despertar minha fugaz memória de noites de verão, refeições especiais à luz de candelabros e do breve cânone para violino e violoncelo com a tessitura dó-sustenido, ré, dó-sustenido, si, dó-sustenido, fá-sustenido-ré, dó-sustenido e si: as circunstâncias do nosso primeiro encontro.

— É claro que me lembro de você! — disse ele, interrompendo meu devaneio musical, ao que reconheci a sua voz rouca e arrogante. — É o jovem em cuja companhia viajei num voo a Bordéus.

— Sim — apressei-me em dizer. — Tivemos uma longa escala em Bruxelas.

Espichou o pescoço.

— Não poderia deixar de lembrar-me de você e dos seus amigos! — o seu rosto enrubesceu. — Esperto, com o interesse voltado para demasiadas coisas ao mesmo tempo e, assim, desprovido de qualquer paixão verdadeira. Estudou no Instituto de Musicologia na Universidade de Amsterdã. Uma bolsa, um empreguinho por perto, nenhum dinheiro de casa, trabalho de conclusão de curso sobre Schönberg.

Assenti involuntariamente.

— Uma porção de casos rápidos, que vocês costumam chamar de relacionamentos, com mulheres que chamam de namoradas. Ao final se casam com uma delas, após expor a si mesmos com lógica e argumentos bem fundamentados a razão pela qual ela é a verdadeira, e contraem uma hipoteca em nome de ambos. Agora lhe pergunto: para que tudo isso?

Falava num tom de irritação desavergonhadamente crescente. As pessoas na fila voltavam-se em nossa direção. A raiva, o descontentamento indignado da sua pessoa, que já me haviam chamado a atenção na época, e que eu, sem maiores considerações e cheio de compreensão, atribuíra ao ato louco da sua juventude, pelo visto se haviam convertido em pura ira. Fitei-o, calado, até que se desviasse de mim com um resmungo nitidamente audível. Inopinadamente, como se eu estivesse absorto na leitura de um livro, pensei: o ato em si não é o que importa, mas, sim, como se lida com as suas consequências.

Eram cinco e meia da tarde. O sol de agosto filtrava-se pelas janelas do saguão de embarque. A fila avançava muito lentamente. No balcão procedia-se ao *check-in*, não só para Salzburgo, mas também para Bucareste, o que dava lugar a longas e difíceis negociações sobre bagagens das mais estranhas. Eu tinha tempo de sobra para pensar no drama que ele, van Vlooten, qualificara havia dez anos de "loucura amorosa", enquanto me contava os fatos com riqueza de detalhes, mas sem tragicidade, quando ficamos encalhados no aeroporto de Bruxelas.

Também naquela época era verão. O verão é a temporada dos festivais de música, dos concursos e dos cursos de férias. Eu estava a caminho de Bordéus, onde haveria, no Château Mähler-Bresse, um curso para quartetos de corda. Após uma série de longas súplicas, haviam conseguido atrair para ministrá-lo Eugene Lehner, antigo violista do legendário Quarteto Kolisch. Esperava conseguir uma oportunidade de falar ao músico durante algum intervalo, em benefício do ensaio em que estava trabalhando. Parecia-me incrível que ele ainda estivesse vivo e que eu o pudesse abordar. Não tanto pela sua idade, já que devia estar na casa dos setenta, mas pelo fato de manter ainda dentro de si um certo zelo, uma certa dedicação auditiva, mais característicos de uma era obscura, em realidade já finda.

Já não me lembro por que eu decidira voar. Gosto de viajar de trem, ainda hoje, pois, apesar de o moderno TGV ser uma evolução gritante, com um bufê rápido, recostos de poltronas que não se deixam mover e um chefe de trem que se apresenta pelo intercomunicador por nome e sobrenome em três idiomas diferentes, oferecendo serviços personalizados, mas sem aparecer um minuto sequer em todo o trajeto, as estações nunca deixarão de existir. Marquises, semáforos, agulhas de desvio; por detrás da janela do vagão, vislumbra-se a *Salle d'Attente Première Classe*, que desaparece lentamente de vista: um mundo agitado e levemente trepidante com assentos estofados em que os passageiros, inclinando-se uns na direção dos outros, contam histórias de suas vidas; um mundo ainda ao alcance das mãos.

Quando embarquei no avião com destino a Bruxelas, van Vlooten já ocupava o assento do corredor, ao lado do meu. Eu o conhecia, ainda que não pessoalmente. Era, e ainda é, considerado um crítico brilhante, independente, que, com uma veia redatora afiada, sabia assinalar quando uma excentricidade da música do século XX constituía um objetivo em si, um deslize, ou um resultado inelutável de um gênio que assumiu um determinado posicionamento. O fato de que ele estivesse viajando na classe econômica não me causou estranhamento. Era sabido que, qualquer que fosse o motivo, ele desejava ocultar do mundo a sua riqueza material, uma peculiaridade sobre a qual ouvira certa vez alguém comentar: "como uma mulher do Levas, que oculta o belo rosto".

Pedi desculpas. Ele se ergueu. Passei para o meu lugar. A aeronave decolou com não mais de meia hora de atraso, o que não comprometeria a minha conexão para Bordéus. Nos vinte e cinco minutos que durou o voo, o meu companheiro de viagem e eu comemos um *croissant* e bebemos café, e isso foi tudo. Só puxamos conversa no saguão do aeroporto de Bruxelas, no momento em que van Vlooten, apesar de brandir a bengala de um lado a outro, colidiu com uma coluna de mármore.

Recuou um passo.

— Diacho!

Seguindo logo atrás dele, pude acudi-lo, amparando-o pelo braço.

— Machucou-se?

O incidente teve lugar um pouco antes de ficarmos sabendo que o voo com destino a Bordéus havia sido adiado por tempo indeterminado. O que ainda ignorávamos e que fomos sabendo aos poucos, pelos fragmentos de conversa que nos chegavam, era que o Boeing 737 que nos conduziria a Bordéus havia sofrido um acidente no aeroporto de Heathrow, com cento e cinquenta passageiros a bordo, sob circunstâncias ainda não aclaradas.

— Se me machuquei? Bobagem! Essa coluna está pelo menos meio metro mais à frente. Sabe de uma coisa? Não quer me acompanhar até o bar? Convido-o para um uísque.

Ainda que eu não tivesse a menor ideia de onde se encontrava o bar, em meio a tantos quiosques e guichês, tomei-o pelo cotovelo, obsequioso. Logo após alguns passos, dei-me conta de que ele já sabia para que lado devíamos ir e deixei-me levar pelo seu senso de orientação. Não disse palavra enquanto atravessávamos o resto do saguão. Após termos caminhado por volta de quarenta metros ao longo da galeria de lojas, tive a impressão de que ele prendia a respiração. Justamente no momento em que fiz menção de dar-lhe um leve aperto no braço para desviá-lo de um grande trole de bagagens estacionado na passagem, virou-se bruscamente para a direita. Foi só quando passamos pelo veículo que ele sondou com a ponta da bengala, aparentemente para certificar-se de que ali havia algo. E de fato havia. Olhei-o de lado e vi o seu rosto satisfeito, mas só entendi a sutileza da sua manobra muito tempo depois, quando fiquei sabendo da percepção peculiar, do sistema apurado que alguns cegos são capazes de desenvolver a fim de perceber obstáculos e adivinhar a praticamente dois metros de distância árvores, postes de luz, caçambas, contêineres de vidro e suportes para bicicletas a entravar-lhes o caminho, localizando-os como corpos sólidos, uma presença nas trevas a emitir algum sinal, tênue, que se esquiva à percepção sensorial de um ser humano comum; é algo de muito sutil, essa frequência noturna, confiável apenas num ambiente sem nenhuma agitação, ainda que por vezes aconteça de que um cego, numa emergência, ou num momento de uma força de vontade suprema, logre, em meio a uma situação de alvoroço, fazer uso do seu espantoso instrumento, que se estende como uma rede acústica sobre a pele da testa, do nariz e das faces e que, como uma leve pressão, franqueia acesso a uma sensação que em outros tempos se chamava de visão, não só através dos olhos, mas de todo o rosto.

Alcançamos o Charley's Bar, assinalado por um letreiro luminoso vermelho; van Vlooten voltou a locomover-se da maneira que eu associaria posteriormente a ele: aos tropeções, como um gigante ferido. Avistei uma mesa livre diante do espelho da parede lateral do bar. O meu amigo pousou docilmente a ponta dos dedos no meu ombro, seguindo-me até as cadeiras das quais não nos levantaríamos por algum tempo. Pedimos o nosso primeiro uísque. E ouvimos no alto-falante acima das nossas cabeças o comunicado de que o voo para Bordéus continuava protelado. Quando eu, num determinado momento, me pus a estudar sem constrangimento a testa do meu companheiro, constatando que a colisão com a coluna realmente não havia sido leve, percebi que van Vlooten se dera conta do meu interesse.

Ele riu, com irritação:

— Sim, sim, pode olhar tranquilamente o resultado da minha tolice!

Senti meu rosto enrubescer.

— Sinto muito.

Desviei o olhar do galo reluzente que se destacava acima da sua sobrancelha direita. Logo depois nossa conversa, passou a outra tolice da sua vida de outrora, e não houve como impedir que o meu olhar deslizasse para a depressão esbranquiçada acima da sua orelha, o que, aliás, só me era possível através do espelho.

2

— TEM CERTEZA DE QUE quer ouvir isso?

Ela tinha três anos mais que ele. Era uma antropóloga quase formada — "sim, essa jovem, que se chamava Ines, era decidida" — que, após o segundo ou terceiro encontro amoroso, lhe havia informado que aquela ligação seria de curta duração, já que pretendia, logo após o exame de conclusão de curso, iniciar uma pesquisa de pós-graduação, sendo que o lugar escolhido, há muito tempo fixado nos seus pensamentos como uma realidade de caráter puramente pessoal, se encontrava nos altiplanos da parte oriental da Venezuela, onde vivia a tribo dos ianomâmi.

— Pensar nela — disse-me van Vlooten — é como vê-la. — E deu início à descrição de uma janela.

Uma janela arqueada, com os caixilhos pintados de azul-claro, dando para um parque urbano num dia de inverno. Sobre um galho escuro, um pássaro imóvel, alvo como a neve; sentada sobre o parapeito da janela, Ines, vasculhando nervosamente a bolsa à procura das chaves que imaginava ter deixado em casa. Estava prestes a ir embora. Ele disse, inocentemente: "Talvez no bolso do casaco?", e olhou ao redor, sem se dar conta da cena de despedida que se desenrolava. Ela se ergueu de um salto e pôs-se a esquadrinhar o quarto. Tratava-se de um quarto espaçoso e confortável numa casa senhorial, convertida para estudantes, na Breestraat, em Leiden. Grandes poltronas carmesim, desfiadas, uma mesa revestida por uma espécie de linóleo amarelo, esse tipo de coisas — ele tinha vinte e dois anos. Havia passado a noite com a amante na cama encostada contra o lambri da parede, onde também tomaram o desjejum e, apoiados desajeitadamente sobre os cotovelos, leram o jornal que ele, de roupão e chinelos, havia ido buscar dois lances de escada abaixo, apanhando-o do capacho sem imaginar nem por um segundo que ela, lá em cima, tinha os seus planos individuais para o futuro. E agora ela o olhava fugazmente, como se ele nunca a tivesse beijado dos pés à cabeça. Havia encontrado o casaco, pescando as chaves num dos bolsos e bocejando prolongadamente. Não se haviam passado cinco segundos — "Então até mais!" —, e ela partira.

Ele estava estudando direito, sim, como o pai e o avô, o que garantiu àquele um posto no ministério e ao outro, o avô, nada além de uma posição de chefe de estrebarias na época da rainha Juliana. Ele, Marius, havia sido uma criança talentosa e desfrutara da mais rica educação. A exemplo dos pais, que viajavam muito ao exterior e tinham vários amigos estrangeiros, ele falava fluentemente três idiomas e se sentia à vontade nos teatros e salas de concertos de Paris, Londres, Viena e Berlim. De que se tornaria um grande homem nem ele próprio nem os pais duvidavam. O fato de que se vira, por força dessa determinação abstrata e em desacordo com quaisquer talentos latentes em si, obrigado a matricular-se no curso de direito, naturalmente em Leiden, afigurava-se-lhe como um dever misterioso, razoável e imperioso. Foi estudante por dois anos sem se preocupar com o sentido inerente à condição. Até que, numa manhã de inverno, após uma festa, descobriu o foco central da sua vida. Ines oferecera-lhe café e omelete com bacon após uma longa e errante perambulação pelas brumas. O seu apartamento estudantil encontrava-se na periferia. Dali avistavam-se campos e mais campos. Com uma lentidão hipnotizante, o elevador locomoveu-se até chegar ao andar superior. Ao chegar em casa mais tarde, no mesmo dia, sentou-se à mesa coberta de linóleo, colocou uma folha na máquina de escrever e pôs-se a digitar: "O mundo..."

A partir desse dia, começou a desejar ver o seu rosto, o seu olhar, os seus gestos, o seu andar, a maneira como ela se voltava para ele, a sua mania de sentar-se sempre nos fundos do café abarrotado onde marcavam os encontros, vestindo o casaco vermelho, a esperá-lo. Era gentil com ele. O fato de não perceber nela uma outra fonte de tensão, de ter sido cego aos sinais que auguravam a sua partida, devia-se à sua paixão.

Um desejo que, quando se encontrava só, acreditava manter sob controle. Quando estava sozinho, acreditava não pensar em Ines, transcrevendo para seu próprio uso anotações grandemente abreviadas, na caligrafia precisa de um amigo, sobre direitos coercivos e facultativos. Mas bastava que ouvisse, na hora aprazada, a pesada porta da casa senhorial abrir-se e fechar-se — Ines possuía uma cópia da chave — e os seus passos decididos subindo degrau por degrau para ir ter com ele e não existia novamente no mundo nada de diferente e mais apaziguador que sua paixão, que, apesar de se encontrarem quase diariamente, crescia com uma intensidade que beirava a neurose e que, diga-se de passagem, o que talvez fosse o mais estranho de tudo, era sempre correspondido por ela. "E então surgia, ali na soleira da porta, aquela silhueta de mulher que, por ter vindo de bicicleta e por causa do frio, vinha tão embrulhada que mais parecia um cabide coberto de roupas."

Van Vlooten calou-se.

— E então? — perguntei.

— Espere um pouco.

O burburinho à nossa volta também já estava esmorecendo. Os alto-falantes acima das nossas cabeças se puseram a zumbir, e notei que todos os presentes no bar, que a essa altura estava abarrotado, escutavam com rosto grave e atento o comunicado que nos dizia respeito e ao qual já nos havíamos resignado. O voo com destino a Bordeús fora adiado outra vez.

O garçom trouxe-nos outro uísque. Bebericamos e permanecemos calados. Eu estava convencido de que van Vlooten, assim como eu, sentia as pulsações do perigo de que se falava em todas as mesas ao redor. O meu olhar cruzou o de um senhor que acabava de fechar o jornal *De Morgen*. Como se eu lhe tivesse feito uma pergunta, levantou-se, mas, ao acercar-se da nossa mesa, puxou a manga do meu companheiro.

— O trem de aterrissagem emperrou — disse ele a van Vlooten. — Ouvi dizer que o piloto tentou fazer a aterrissagem assim mesmo — após o que, sem esperar comentário da nossa parte, desapareceu com a sua maleta atrás da portas de vaivém.

Van Vlooten retomou a sua história, mas fui assaltado por um desassossego. Já conhecia o desenlace. Sentia o sombrio incidente aproximar-se mais e mais a cada palavra que proferia, sentia-o também como um *fait accompli* em tudo o que me rodeava. Ela começou a chegar cada vez mais tarde. Começou a desmarcar os encontros sem maiores formalidades. Foi na época do verão, quando ela já frequentava a casa dele em Wassenaar nos fins de semana. Podia acontecer que ele estivesse negligente, nos degraus da varanda com os pais à sua espera, no começo da tarde do domingo, quando as sombras projetadas pelas castanheiras deslizavam na direção dos estábulos e havia tempo de sobra, o que parecia mais que natural. E então tocava o telefone. Como era possível que ele não se preocupasse com nada disso naquela época?

Não respondi. Afinal, não tinha perguntado nada. Ainda hoje lembro-me da minha sensação de desconforto quando o rosto diante de mim contraiu de repente os músculos, enquanto falava, à maneira característica dos cegos, na tentativa de esboçar um sorriso, um reflexo de uma existência anterior. Não correspondi ao sorriso. Era possível, sim, concluí, porque Ines continuava dormindo com ele, porque Ines continuava fogosamente a alimentar a sua paixão com o máximo de seu próprio interesse.

A sua voz tomou uma inflexão sarcástica.

— E hoje em dia vocês não têm a mais remota ideia do que isso significava na época.

Deu meia-volta com o corpo e estalou os dedos. O garçom já se encontrava ao nosso lado.

— Pois não, senhor?

Van Vlooten apenas levantou a mão com dois dedos espetados e começou a explicar-me:

— Naquela época, uma mulher não ia tão rápido para a cama com um homem. As mulheres eram mais orgulhosas e instintivas. Entregar-se a um homem, era nesses termos que até mesmo a mais frívola dentre elas falava ao referir-se às graças amorosas que dispensariam a um homem. E até mesmo esta reconhecia a lei tácita dentro de si que diz que todo e qualquer organismo almeja antes de tudo aperfeiçoar e perpetuar os seus traços característicos, que, em poucas palavras, ela poderia engravidar. Pois é, a paixão ainda era na época questão de uma procriação, e isso valia para mim também. Parti, com a maior naturalidade do mundo, do pressuposto de que aquela bela mulher me daria cinco filhos!

No final de fevereiro do ano seguinte, ela se formou. Já fazia um mês que praticamente não aparecia, mas ele imaginava que isso se dava porque o trabalho de conclusão de curso estivera exigindo toda a sua atenção. Para ele, aquela época não deixara de ser uma época de amor, Ines era o seu mundo. Celebrou a sua festa de despedida na antiga garagem de bondes em Oegstgeest; ainda se encontravam aí dois pequenos bondes azuis com a inscrição OEGEE. Compareceu uma centena de amigos, Ines usava um vestido escarlate que deixava os ombros descobertos. Finda a festa, voltou com ele de motocicleta à Breestraat. O raiar do dia encontrou-os juntos na cama. " Eu lhe telefono", disse ele quando se despediram, passadas horas a fio de uma inconsciência beatífica e enquanto o crespúsculo descia sobre o parque atrás das janelas em arco.

Quando telefonou no dia seguinte, às onze horas, não obteve resposta à chamada. Duas horas depois e ainda nada. Passou então a telefonar de quinze em quinze minutos e, quando finalmente ela atendeu, às dez e dez da noite, percebeu que estava tão apressada que só pôde dizer: "Ligo de volta daqui a pouco!" Às duas horas da madrugada, ele já se havia cansado de esperar e saiu em carreira desabalada rumo ao apartamento estudantil na periferia da cidade: nenhuma luz brilhava atrás de suas janelas. Ele tocou a campainha, já esticando o pescoço para falar no maldito interfone acima das malditas caixas de correio, mas não houve resposta. No terceiro dia, alguém atendeu o telefone da companheira de curso de Ines, que vivia no apartamento do lado. Uma voz masculina respondeu jovialmente que, até onde sabia, Ines, que ele conhecia, havia sido levada pela manhã ao aeroporto, por alguns amigos.

Sua boca ficou seca.

Foi quando explodiu, exclamando: "Sacana!"

O aeroporto de Schiphol ainda era então um local de dinamismo e drama. Viajantes aéreos, tendo perdido o ponto de referência das suas vidas cotidianas, locomoviam-se com malas e bolsas em meio a um cenário de fatalidade em que capitais e continentes lhes saltavam aos olhos em letras fosforescentes e em que passavam a sentir algo de diferente a respeito de si mesmos. Ele não sabia ao certo o que estava fazendo ali. Tinha visto que o avião com destino a Caracas havia decolado conforme previsto às 11h5. De repente, encontrou-se no mirante do aeroporto, de onde o seu olhar se estendeu até ao longe, alcançando o pôlder, por cima das pistas de decolagem e aterrissagem. O dia estava cinzento, e soprava um vento triste que os olhos não detectavam, pois, sob o céu encoberto, não havia árvore nenhuma sobre toda a superfície do lado de fora. Voltou o olhar para as aeronaves sem vida ali pousadas, vendo-as como as almas dos navios que outrora, sob circunstâncias meteorológicas extremas, costumavam chegar pelo lago Haarlemmer para aí, onde encontravam abrigo, lançar as âncoras. Deu meia-volta. Quando, já ao calor do restaurante, apanhou o auscultador do telefone, os seus dedos estavam como mortos.

Dessa vez foi a companheira de curso que atendeu, e imediatamente.

— Sim — respondeu a jovem. — Hoje de manhã ela..

Ele a interrompeu.

— Diga-me já o endereço exato onde possa encontrá-la na selva onde está. Endereço, telefone. Vou apanhar o primeiro voo.

A moça hesitou, mas acabou por dizer um "Sinto muito", dando-lhe o golpe de misericórdia. Ines não havia partido sozinha, mas na companhia de um amigo, que estudara Letras e Literatura Espanholas, fotógrafo amador, com quem solicitara, havia dois dias, uma licença de casamento, a dar-se após o período de espera obrigatório de duas semanas.

Van Vlooten fez um gesto como quem ergue algo inerte do chão, com ambas as mãos.

— O interessante — disse-me — é que, ainda com o auscultador na mão, já via diante de mim o revólver do meu pai. Não precisei pensar duas vezes. A ideia da minha loucura aparentemente se formou de imediato. Um Smith & Wesson .22. Aço inoxidável azulado. A arma estava numa caixa dentro de um armário do estúdio do pai. Numa gaveta à parte estavam os cartuchos. Voltou na moto de Schiphol a Wassenaar, lentamente, sem pressa.

EMBARAÇO. Imagino que era inevitável que eu cravasse nele uns olhos cheios de piedade. Mas minha magia não o alcançou, não influenciando tampouco em nada o tom lacônico das suas palavras e o vazio da sua mímica. Pouco à vontade, ou sentindo a necessidade de manter discrição, desviei os olhos daquele rosto desacostumado havia tanto tempo de reagir às expressões de outros rostos. Atravessou-me a cabeça de chofre um pensamento que não tinha absolutamente nada com o caso: teria me lembrado de pôr na mala a velha partitura, aquela de 1945? Vi pelo espelho que o bar estava quase deserto. Um par de gatos-pingados jogando cartas, uma criança, uma ruiva absorta na leitura de um livro e, mais perto, o perfil assustadoramente torcido de um homem falando algo em tom de muita raiva, com as costas voltadas para um relógio de parede.

Sua mãe estava em casa. Sentada à sua escrivaninha num quarto lateral, a porta aberta. Ergueu o olhar, enquanto ele se encaminhava para as escadas; o filho indo buscar uma coisa qualquer. Ele entrou rapidamente no quarto a fim de segurar as mãos da mãe entre as suas e beijá-las. O quarto do pai ficava a um canto do primeiro andar. Cumprimentou a empregada no corredor. Sem nenhum pensamento sobre morte, momentos depois seu olhar fitou o revólver, enfiou no bolso o objeto de cerca de um quilo e apanhou os cartuchos. Conduziu a motocicleta de volta ao seu endereço em Leiden, atravessando Voorschoten. Apesar da situação dos últimos dias, o seu quarto estava bastante ordenado. O chão de madeira rangeu. Tirou o boné, os óculos de motociclista, esfregou os olhos e carregou a arma. Não pensou um segundo sequer em escrever uma carta de despedida; tinha um único objetivo no coração. Com as costas voltadas para a janela em arco, destravou a arma e encostou o cano à têmpora, logo acima da orelha.

— Talvez eu a tenha posicionado muito para trás — disse van Vlooten. — Ou talvez não tenha disparado em linha reta.

Fitei-o. Balançava um pouco a cabeça, como pouco antes: foi o único indício que eu poderia eventualmente interpretar como uma possível emoção.

— Ou talvez não tenha disparado em linha reta — murmurou mais uma vez.

Suspendeu a respiração, mas o intervalo foi interrompido pela voz nos alto-falantes. Pedia-se aos passageiros do voo AP401 que se dirigissem rapidamente ao portão de embarque.

3

— O DISPARO? — exclamou por fim. — Quer saber como é possível sobreviver a tal disparo?

Limpou os lábios e colocou o guardanapo aberto sobre as vasilhas e os pratos vazios.

— Isso acontece com a maior frequência. Um bom número de casos assim tem sido relatado, e suponho que não se espantará em saber que os incidentes relatados se deram sobretudo em países escandinavos.

Encontrávamo-nos num ambiente acolhedor, na condição de passageiros aéreos a quem fora servida uma refeição não só não tão ruim quanto se esperava, como também surpreendentemente boa. As linha aéreas francesas, ainda primando por oferecer um bom serviço, serviram galinha-d'angola grelhada, acompanhada de um Château Lalande 1970. Tinha a impressão de que meu companheiro de viagem, assim como eu, havia reconhecido no *arrière-goût* do nosso uísque uma bebida condizente com o caráter de uma irrealidade a ser explorada em toda a sua translucidez. O projétil, contou van Vlooten, havia penetrado no lobo posterior do encéfalo.

O Hospital Universitário de Leiden é notório mundialmente, ainda hoje, pelo seu departamento de neurotraumatologia. Van Vlooten foi transportado para lá, passando pela portaria do Rijnsburgerweg, inconsciente mas com o coração ainda batendo. Durante uma operação de quatro horas, em que se conseguiu estancar a hemorragia e remover os coágulos, constatou-se que o tecido do córtex cerebral havia sofrido danos irreparáveis em diversos pontos. Já era noite quando voltou a si, incapaz de compreender o que estava acontecendo. Sentia uma fadiga como nunca antes. Vozes. Dedos formigando na extremidade do antebraço. Fez a pergunta de praxe: "Onde estou?", após o que quis saber as horas. Nos momentos que se seguiram, começou lentamente a dar-se conta do fato de que havia sobrevivido à própria morte.

— O fim de algo não é sempre o começo de algo novo? — perguntou van Vlooten num tom patético.

O fim do seu amor por Ines coincidira com o início da sua cegueira, e não é tão ilógico pensar que ele visse amor e cegueira como polos conflitantes do destino. Escusa dizer que passou por uma fase miserável. Angústia, desespero; sequelas inevitáveis para quem perdeu a luz dos olhos de um dia para o outro.

— No lugar onde me encontrava não havia ninguém além de mim. O que eu vinha chamando de eu estava agora sob uma redoma negra. O mundo havia desaparecido naquele ínterim. Isso porque o mundo é algo que se apreende pelas percepções: é esse um de seus traços mais fundamentais. Para o de perto bastam as mãos, o nariz e a boca, mas para a distância, depende verdadeiramente dos olhos. Eu sonhava muito: sonhos silenciosos, mas com uma quantidade exasperante de imagens que desapareciam assim que eu abria os olhos. Passando a mão pela cabeça, sentia os primeiros fios de cabelo crescendo outra vez. E pronto. Nisso consistia o meu universo: meu corpo e os lençóis que me cobriam. Foi movido por angústia, e não por algum interesse, que decidi levantar-me da cama para explorar, com os braços esticados, as dimensões do meu quarto, das paredes e dos cantos.

Aquela primavera estava chuvosa. Com os pés encolhidos lá estava ele, na casa dos pais, sentado na cadeira de balanço da varanda. À sua volta, movimentos de fantasmas: os pais, a irmã Emily, amigos, empregados da casa. Andavam ao seu redor nas pontas dos pés, abafavam as vozes, adivinhavam os seus mínimos desejos antes mesmo que ocorressem a ele próprio. "Vão embora!", pensara. "Os meus braços estão doendo. Estou com dor nos joelhos. O que é que eu tenho em comum com vocês?" Costumava, antigamente, medir os meus passos pelas árvores que encontrava no caminho.

Nesse ponto, aparentemente, um novo pensamento ocorreu a van Vlooten. Calou-se por um momento e depois voltou-se para mim.

— Não crê também — perguntou — que a felicidade pessoal, seja em que medida for, é um traço do caráter e não um elemento circunstancial externo?

Não respondi, pois um comissário de bordo acabava de aparecer ao nosso lado no corredor com o seu trole. Quis saber se tomaríamos um conhaque, ou talvez um Armagnac. Pus-me a observar van Vlooten, à meia-luz, enquanto ele levava o copo à altura do nariz. Ele está certo, pensei. No entanto, até mesmo no modo com que faz girar o conteúdo ondulante do copo, transparece algo de exasperação.

Mas mantinha suave o tom de voz. Reclinou o encosto do assento, e eu lhe segui o exemplo. Por alguma razão, pressentia algo como uma mudança positiva no que estava para acontecer. Aliás, creio já haver-lhe sugerido que não são apenas os olhos, mas também os ouvidos que nos unem com a abóbada celeste, com os pontos cardeais, que... Ele pigarreou à guisa de interrupção.

— Como eu estava dizendo, aquela primavera estava chuvosa.

Fria, úmida. Da cadeira de balanço onde estava sentado, ouvia as gotas de chuva se chocarem contra as folhas novas das castanheiras e, mais de leve e ritmadamente, da fileira de bétulas que acompanhava o curso da rampa de acesso e da garagem para terminar num declive coberto de grama onde pastavam as gordas e louras ovelhas Shetland da mãe. De noite, na cama, ouvia as rajadas de vento e as pancadas de chuva cada vez mais intermitentes. Podia acompanhar com facilidade a perspectiva de um telhado inclinado, uma fachada vertical, um portal saliente, uma escadaria da qual a água escorria com estrépito, e depois em direção ao fragor constante da chuva sobre os gramados e caminhos que alcançavam a estrada N-44, com tráfego em direção a Amsterdã e Haia. Ouvia então, no silêncio matutino, os porcos-espinhos aparecendo dos arbustos e dirigindo-se atabalhoadamente para debaixo do alpendre da cozinha a fim de beber o leite dos gatos.

Certa vez, seria por volta da hora do almoço, ouviu um avião nas alturas. O estrugido aproximava-se mais e mais, mas acabou desviando para os lados e para trás, para cima e para baixo, até preencher todo o espaço aéreo com as suas vibrações atroantes. Como se tivesse um mapa diante dos olhos, viu todo o campo percorrido pela aeronave; como se tivesse aberta diante de si a revista de uma companhia aérea, viu o pontilhado saltando como rabos de foguete na direção de todos os destinos possíveis: Paris, Viena, Berlim, Zurique... E foi nesse momento que teve início a sua outra vida.

Pois o que lhe veio à memória não foram os hotéis e os parques em que havia estado em tempos idos com os pais, e tampouco os museus de arte, mas sim, e com um desejo incontido, a Salle Pleyel, o Musikverein, a Philharmonie e a Musikhalle. Na mesma noite, esperou até que todos se tivessem recolhido para ouvir na vitrola da sala *A Sagração da Primavera*. Tratava-se de uma gravação em 78 rotações, de 1946, com Pierre Monteux e a Orquestra Sinfônica de São Francisco, e só Deus foi testemunha da concentração com que dispôs, virou e trocou na vitrola os dez discos, e do agradável espanto com que escutou a música, que era da vitrola reproduzida em velocidade vertiginosa em meio a chiados e rangidos sob a agulha.

— Uma execução notavelmente boa, olhando-se em retrospecto — disse-me van Vlooten. — Com um bom número de deslizes, mas, pelos céus, se você quiser saber quem posteriormente conseguiu executar de modo tão sensual o ritmo engenhoso, o andamento maligno, o encanto imperdoável do assassinato da jovem... — A sua observação perdeu-se num suspiro pensativo.

Pouco depois escreveu a sua primeira crítica, quando o diário *Het Vaderland* o enviou a uma apresentação de Deller Consort no teatro Diligentia, de Haia. Foi acompanhado por Emily, a irmã.

— Uma chata, hoje em dia — disse van Vlooten —, mas na época ela não passava de uma garota simpática e risonha, educada num internato de Bruxelas.

Quando o contratenor começou a cantar uma ária de Purcell, e cada palavra da canção, baseada numa peça shakespeariana, podia ser entendida claramente, ela pousou uma mão sobre as mãos do irmão com a melhor das intenções; a intenção era das melhores, sim, mas também estupidamente falsa, pois ele sentia por trás a piedade com que ela se dera conta do seu estado de deslumbramento sem saber em absoluto que por trás daquele deslumbramento não se ocultavam pesares de amor, mas uma emoção indefinível que o próprio entendimento dele não alcançava: "*If music be the food of love, come on come on, come on come on, till I am filled am filled with joy!*"

FOI QUANDO teve início toda uma vida de táxis, trens e aviões que tinham invariavelmente como destino final um assento de corredor numa sala de concertos. Inicialmente ele ainda fazia criteriosas anotações, palavras-chave num bloco cuja leitura em voz alta ele pedia a alguém de casa ou, no caso de estar acomodado num hotel, a uma arrumadeira de voz melodiosa. Mas não tardou para que a sua memória abrisse mão desse estímulo externo, reproduzindo-lhe do silêncio os seus temas e assuntos, e de uma maneira tão rápida que a máquina datilográfica às vezes mais o atrapalhava que ajudava; assim sendo, preferia telefonar para as redações e ditar diretamente os seus artigos formulados e prontos para imprimir. Afirmava que Chopin era um classicista, que Liszt, nos quatro minutos da sua *La Lugubre Gondola*, havia penetrado um mundo mais fantástico que Wagner na totalidade do seu *Anel*; que Alban Berg havia ligado, num de seus quartetos para corda, as iniciais do seu amor secreto às suas próprias na tessitura A-B-H-F (uma revelação que, na época, todos consideravam "infundada", mas que posteriormente se mostrou correta: a amante chamava-se Hanna Fuchs). O fato de ele, financeiramente independente, escrever sobre o que lhe aprouvesse tornou possível que o *New York Times* publicasse, num dia, uma apologia encarniçada da Segunda Sinfonia de Matthijs Vermeulen — "o *Sacre* holandês: furibundo, impetuoso" — e, no dia seguinte, saísse no *Zeeuwse Courant* local um extenso comentário sobre *Lulu*, que arrebatava o público na Ópera Estadual de Viena.

Ser crítico é também ser um defensor. Defendia a música que lhe era contemporânea, pois era a música que mais carecia de reconhecimento, mas, em seu coração, não fazia diferença entre o "então" e o "agora". Munido de um argumento dos mais antigos, empenhou-se em defender a peça mais nova, mais árida e menos obsequiosa de Stravinsky, *Threni*: durante toda a execução da composição em pauta, era necessário crer em Deus. Em contrapartida, afirmou num dos seus artigos que há pianistas — tratava-se de um em particular — que faziam Beethoven e Schubert soarem como os vanguardistas que eram e continuam sendo, e que, durante as suas apresentações, faziam com que nos tornássemos contemporâneos dos mestres em questão, propiciando-nos ouvir algo que nunca antes havíamos ouvido.

Van Vlooten discorria não poucas vezes sobre o fato de a música desafiar o tempo. Certa vez, fez no *Frankfurter Allgemeine Zeitung* uma resenha da obra da russa Galina Ustvolskaia, um gênio que, mesmo após o discurso em seu louvor, ainda permaneceria desconhecida por algumas décadas. Ele havia topado com ela em Leningrado. Uma mulher retraída, que vivia num apartamente exíguo num dos bairros gigantescos da periferia. Ele fora conduzido até ali por um carro da embaixada. Acontece por vezes que a deferência por um defeito físico qualquer se torne um trunfo. A compositora alienada da sociedade aceitou o seu cartão de visita, redigido em alemão, fez com que ele entrasse e lhe serviu chá. Menos de uma hora depois e lá estava ela executando com um amigo violoncelista o *Grande Dueto para Piano e Violoncelo*. Ficou impressionadíssimo. Em algum ponto do artigo bastante prolixo e exaltado que escreveu sobre ela, não pôde deixar de mencionar novamente Deus, que amaria a música, mas não as artes plásticas. Talvez como compensação pela cegueira, o crítico que havia sido educado como agnóstico escrevia: "Visto ser uma das formas que Deus assume o próprio tempo, nada mais lógico que pensar que Ele aprecie o jogo humano com o tempo, com a música, mas que a imagem, que imobiliza o tempo, O enfureça."

Não se acostumava a viajar no escuro. A caminho de algum lugar, não deixara de incomodá-lo o fato de não poder consultar, numa rápida olhada, os relógios públicos. Entretanto, não permitia que nenhum ponto do mapa lhe fosse um empecilho: se um programa qualquer, fosse onde fosse, despertasse o seu interesse, para lá se dirigia ele. Nesse verão aconteceria, pela terceira vez, um curso de férias para quartetos de corda em Bordéus, cujo encerramento se daria com dois concertos públicos.

Van Vlooten inclinou-se na minha direção:

— Já esteve num antes?

Sacudi a cabeça:

— Não.

— Eu também não.

Perguntei-me o que o teria atraído para um evento em si bastante modesto. Teriam sido os jovens quartetos de corda provenientes do mundo inteiro?

— Há inclusive um quarteto holandês que se classificou na seleção — disse eu.

— Já sei. O Quarteto Schulhoff.

A sua mão deslizou sobre a superfície da mesinha, colocando o copo na depressão circular desenhada na mesa para isso.

Os passageiros diante e ao lado de nós haviam apagado as suas lâmpadas de leitura. O interior do avião, silencioso, estava mergulhado numa meia-luz. Só se ouvia o ronco dos motores, e era como se a história de van

Vlooten também fosse absorvida por ele. Van Vlooten parecia francamente animado, ainda que volta e meia tivesse de mover-se com dificuldade a fim de encontrar uma posição confortável para a sua massa corporal.

— O programa básico é agradável — disse ele. — Haydn Opus 103, o quarteto de Verdi, as *Bagatellen* de Webern.

— E Janáček. O primeiro quarteto, a peça do repertório que todos tocam, e é aí, claro, que está também o perigo...

— Ah, a sonata *Kreutzer*! — disse ele, erguendo as mãos para apanhar o copo, que estava vazio. — Tomamos outro?

FOI ASSIM que viajamos, naquela noite já tão distante, de Bruxelas a Bordéus. O voo deve ter durado não mais que uma hora e meia, mas, agora que eu faço um retrospecto, isso parece absurdo, pois não só discutimos com ardor o primeiro quarteto de cordas de Janáček e nos contamos um ao outro a história das nossas vidas, mas também caímos por diversas vezes num sono profundo. Ainda me lembro de termos passado por vários trechos com turbulência e que van Vlooten não despertava em meio à trepidação, respirando como quem acaba de virar-se para o outro lado na cama. Ao mesmo tempo, como acontece nas lembranças e nos sonhos, eu ouvia as nossas vozes discutindo a delicada temática da paixão.

— Pergunta-me se sou casado? — ouvi-o dizer.

Fiquei calado. Ele intercalou uma pausa e comunicou depois que nunca mais havia voltado a apaixonar-se. Fiz um comentário sobre desejo sexual, ao que ele respondeu com um gesto de impaciência. Ah, as mulheres, como não podia deixar de ser! Sentia-se infinitamente grato às mulheres pelo seu perfume, pela sua suavidade e muito mais.

— As mulheres são seres nobres — disse-me. — Têm por natureza a tendência a preocupar-se com os homens, transformando-lhes as fraquezas em dons. Levando a crer que pessoalmente não lhes importa que o homem da sua vida seja cego como uma toupeira, contribuem, e não pouco, para o seu sentimento de autoestima.

Gratidão e afeto, mas nenhum fogo. E muito menos fogo do direito de posse exclusiva, dos ferozes ataques de ciúmes que lhe era totalmente desconhecido. E quando as suas namoradas achavam que era hora de se afastar? Muito bem, era quando ele as acompanhava até a porta e acenava um adeus aos passos cujo som se perdia a distância.

Van Vlooten virou-se para a janela e pôs-se a refletir em voz alta sobre como é difícil apaixonar-se por uma mulher sem rosto.

— Você, um jovem dotado de visão — começou a dizer —, está acostumado ao choque que lhe provoca uma mulher atraente. Não tem ideia do estranho que é sentir fome de sexo tendo que abrir mão da fantasia. Talvez pense: e o que é dos outros sentidos? Pois é, um homem que pôde enxergar até a idade adulta está absolutamente acostumado ao fato de os seus olhos predominarem sobre os outros sentidos.

Permaneci calado e pus-me a tamborilar pensativamente com os dedos sobre a mesinha aberta.

Perguntei-lhe então se podia usar a imaginação para ter uma ideia de como seriam os rostos de suas amantes.

Não podia.

Silêncio. Moveu-se no assento. Foi quando surgiu com a ideia de que não era possível a Ines da sua juventude ter contribuído para que isso acontecesse. Não por ela representar ainda hoje na sua vida uma triste carência, absolutamente não — esse ponto ele já me havia aclarado —, mas sim por ter sido exclusivamente o rosto *dela*, imobilizado num sorriso, que ele tinha em mente no momento do disparo como o retrato feminino por excelência.

— Que pena! — disse eu, declamando, com a visão aguçada pelo conhaque em relação à coerência dos fatos, um verso do Ovídio da minha época de escola. — "O cantor pôde levá-la consigo, mas deveria prometer não lançar-lhe o olhar até haver deixado o vale para trás."

Ah! Apanhado por um estado de espírito sombrio, pensei no infeliz Orfeu, que se havia voltado para ver, desejoso, o rosto do seu amor eterno. Vê-la... Mas, no mesmo momento, esta desaparecia nas brumas, afundando com os braços abertos, sem a menor recriminação ao cônjuge, que a deixava morrer pela segunda vez. — Adeus! — exclamara simplesmente, ao desaparecer.

Com o coração esfriando, pus-me a pensar no sorriso imperecível de Ines e, a certo ponto, ainda pensei venenosamente: "Ora, vá para o inferno!"

— Quer saber como era a sua aparência?

Van Vlooten. A sua voz soava abafada. Estaria perseguindo-o o verso que eu recitara? Estaria num estado de ebriedade onírica? Percebi que o avião se preparava para o pouso.

Ela tinha olhos atentos cor de groselha, lábios carnudos, um rosto pálido e forte em forma de coração e cabelos louro-acinzentados. Exceção feita aos lábios, que pintava de um vermelho intenso, quase não usava maquiagem. Tinha altura média, aproximadamente um metro e setenta, a estatura algo curvada, que sugeria solicitude e além disso escondia um pouco os seus seios, firmes e empinados. Tinha as pernas relativamente longas e pés bastante arqueados.

Emudecemos. A aeronave pousava na calada da noite. Voltaria a ver van Vlooten somente uma semana depois, no Château Mähler-Bresse.

4

— Olhos claros e felinos — disse-lhe eu. — Ao olhar alguém, ela lhe dá uma impressão de ligeira zombaria, ainda que de uma maneira tranquila e amigável. A boca é pequena e simétrica; os lábios cheios, tanto o inferior como o superior. Os cabelos têm o que eu chamaria de cor de avelã; soltos, chegam até a cintura. Esta semana mesmo fiquei surpreso com essa constatação, mas hoje ela os trançou e enrolou num coque. Assim as maçãs de seu rosto, delicadas, são valorizadas, bem como os contornos do nariz.

Estávamos no *lounge* do Château Mähler-Bresse. Van Vlooten mantinha o rosto, que estampava uma expressão de interesse, voltado para uma palmeira decorativa plantada num vaso de cobre. Eu olhava para um ponto a meio metro de distância, onde Suzanna Flier conversava com um jovem louro, assentindo com a cabeça como costumava fazer quando mostrava entusiasmo. Será que van Vlooten me pediu para descrevê-la fisicamente? Não me lembro em absoluto. Havia-a apresentado a van Vlooten quando este voltou a aparecer no hotel naquela tarde, no momento em que os participantes do curso de férias começavam a se misturar aos outros hóspedes para observar o vinhedo do terraço ou chegavam pelas portas abertas, à luz de um sol que já se aninhava no horizonte. Ele havia estendido a mão, em que ela pousou a dela, após o que trocaram algumas palavras de apresentação, junto às portas que abriam de par em par, por onde se verificava um constante vaivém e para onde quatro escoceses, integrantes do Quarteto Anonymous, a haviam arrastado no momento em que dera meia-volta para ver quem lhe dera um tapinha nas costas.

Já conhecia Suzanna Flier desde os meus tempos de faculdade, e devo dizer que nunca, até o presente momento, em que tinha que crer no que eu próprio dizia, me dera conta de que ela era de uma beleza excepcional.

Era primeiro violino — com maestria, por sinal — do Quarteto Schulhoff. Susanna Flier constava como um dos prodígios dos que não se saberia precisar a origem, mas que só poderia haver caído na terra diretamente do cosmos. Vinha de uma família operária de Rijswijk. O pai, motorista de ônibus da companhia de transportes públicos de Haia, parece ter sido certo dia levado, com a filha de cinco anos, de carona por um companheiro de trabalho até a parada de ônibus diante de uma escola de música no Prinsengracht, um canal exatamente no centro de Haia, um ponto onde ele próprio já fizera inúmeras paradas, à frente de um portão pintado de verniz verde. Um homem introvertido, magro, com costeletas negras; tive a ocasião de vê-lo mais de uma vez. No meio-tempo viúvo, havia envergado seu melhor terno para ir ver a filha tocar os *Fünf Sätze* de Webern no Conservatório Real.

Ela e eu jamais nos aventuramos a entrar num relacionamento. Fomos amigos por um bom tempo, já que eu não me mostrava disposto a ir todas as noites à capital a fim de dormir no quarto que ocupava numa viela que se chamava " Lisboa". É por isso que, caso ele desejasse, poderia contar a van Vlooten que Suzanna Flier dormia como uma pedra, falava dormindo, tinha um corpo que cheirava bem por natureza e que, pelo menos nas manhãs, não se preocupava com a linha, devorando um desjejum substancioso, consistindo em pãezinhos com semente de papoula e sorvetes de nata frescos que um hóspede noturno, atencioso, ia buscar na padaria. Já nem me lembro por que a coisa entre nós não teve seguimento; imagino que tenha sido por conta da sua reserva. É possível que estivesse vivendo uma paixão secreta com algum dos seus docentes ou dormindo com algum jovem poeta ou compositor, pois, contrariamente ao que acontecia com as colegas da Universidade de Amsterdã, as estudantes do conservatório permitiam-se com facilidade tais deslizes.

Para mim, jovem calouro no Instituto de Musicologia, havia uma grande diferença entre Haia e Amsterdã. Quando ia de trem de uma estação central a outra, passando pelas pradarias, verificava-se uma completa metamorfose no cenário da minha vida. Amsterdã, resumindo-se grosseiramente, manifestava oposição ao casamento, ao passo que Haia minava insidiosamente a orquestra sinfônica. No instituto do Keizersgracht, nós, estudantes e docentes do sexo masculino, que não nos espantássemos se os mictórios no banheiro estivessem obstruídos por fitas protetoras. Andando nas ruas, sobretudo na região do Damrak e da Leidseplein, éramos assediados por olhares femininos que nos seguiam acompanhados de assovios; era preciso aprender a estar à altura. Passar sozinho diante do terraço de um café em que se encontrassem grupos de mulheres bebendo era uma situação delicada. Diante da imagem de mulheres cutucando-se, rindo à socapa e olhando diretamente a braguilha das calças, sentíamo-nos um tanto embaraçados, para não dizer absolutamente irritados. Naquele tempo ainda não havia pressão para que se formasse rapidamente. Estudantes conspirando, lutando contra a escravidão do matrimônio, não se preocupavam com bagatelas como histórico de notas, mas pleiteavam a distribuição gratuita de pílulas. Aliás, vendo a questão por um prisma político, era melhor mesmo que não fossem para a cama conosco, os repressores; Amsterdã converteu-se numa cidade lésbica, um estandarte feminista desacostumando de uma vez por todas uma geração inteira de homens de venerar uma mulher e ajudá-la a vestir o casaco.

Enquanto isso, lá se encontravam elas em Haia, tocando Schönberg.

Foi na cinzenta capital política do reino, uma cidade à beira-mar, que haviam surgido os *ensembles* coloridos e animados, inspirando o ambiente musical da Holanda contemporânea. Todas as vezes que eu visitava o edifício decrépito situado no Beestenmarkt, encontrava estudantes sentados rigidamente e à moda antiga em bancos encostados à parede de um cômodo sóbrio e vazio a que chamavam "sala de espera". À sua volta, um pandemônio cacofônico. As salas de estudo do edifício, que datavam do século XIX, não possuíam isolamento acústico. Tinham assoalhos que rangiam, soberbos pianos de cauda, armários repletos de partituras e salamandras da minha altura, alimentadas por um empregado atarracado e uniformizado, com as bochechas em chama, de nome Fakkel, que via no ofício a sua única forma de realização na vida. No segundo andar se encontrava a sala de concertos. Era aí que se processava a metamorfose do povo da "sala de espera" em executantes de instrumentos que faziam soar, com incrível dedicação, notas e composições musicais que nunca antes haviam soado nesse país. Sempre me alegrava por ter-me dado ao trabalho de ir até ali, pois ir *ver* tocar música é, claro, algo substancialmente diferente de apenas ouvi-la com os ouvidos. Ainda me lembro de como me surpreendia ao observar como esses estudantes, instigados pelas notas que emitiam, estabeleciam entre si uma ligação desenvolta e controladamente insana que logo em seguida simplesmente se dissolvia em algo indefinível.

— Ah, sabe de uma coisa? — disse-me Suzanna Flier certa vez, quando eu, após uma tarde inteira de ensaios, seguira com ela e o resto do grupo para o porto de Scheveningen. — Acho que vou pedir arenque defumado.

O mar apresentava uma coloração verde, ou melhor, verde-escura, pensei enquanto entrava no salão repleto, com van Vlooten no encalço. Havíamos estado sentados nas rochas de basalto ao pé do molhe, para ver passarem logo à nossa frente os barcos de pescadores. Por que essa recordação voltava a adquirir uma coloração especial? Suzanna Flier apontou para a cabine de um dos barcos, onde, através de uma janelinha quadrada, uma mulher olhava na nossa direção, rindo e acenando quando acreditou que a saudávamos.

— Ah, eu não me importaria de levar uma vida assim! — exclamou Suzanna, ofegando ligeiramente. Ela fora muito engraçada, lembrei-me após acomodar-me preguiçosamente com van Vlooten em duas poltronas e começar, movido por sabe Deus qual impulso, a descrever ao cego a jovem mulher que acabava de lhe apresentar.

ELE ASSENTIU. Não disse nada. Mas eu me dei conta de que havia despertado o seu interesse; ou melhor, de que ela própria lhe despertara o interesse. Não obstante a sua atenção, pôs-se a mover, da maneira que lhe era peculiar, o tronco de um lado ao outro, levantando um braço, o que voltou a fazer com que um garçom se apressasse quase de imediato na nossa direção. Enquanto ele pedia tranquilamente informações sobre os uísques da casa, continuei a fitar a violonista, sentada sob um feixe de luz filtrada e que incidia lateralmente pelas portas-janelas do terraço, enquanto conversava. Devo acrescentar que o sentimento de que o fazia em consideração a van Vlooten repercutia em mim com os ecos de um entusiasmo só meu. Certamente ele sempre se sente um completo intruso por ocasião das apresentações, pensei para mim, observando fugazmente que o leve vestido amarelo que ela usava tinha um decote cavado nas costas e que sua trança repousava sobre a pele clara da nuca.

A certa altura, Suzanna Flier deve ter sentido que era observada por olhares contemplativos a não muita distância. Deu meia-volta, encontrou o meu olhar e, no mesmo átimo, viu toda a cena que se descortinava ao redor: o garçom e o crítico cego em animada palestra. "Junte-se a nós", dei a entender por meio de um aceno, ao que ela riu, inclinando a cabeça, os olhos fechados. "Muito bem, já vou."

— E então? — incitou-me van Vlooten, após ter feito o pedido.

Com os olhos voltados para Suzanna Flier, que se levantara para dar a mão ao jovem que se erguia rapidamente, prossegui o retrato falado daquela mulher, óleo sobre tela. Até hoje eu ainda me admiro com o espírito picassiano que se apoderou tão destramente de mim naquela tarde numa propriedade em meio a vinhedos nos arredores de Bordéus. Se assim o desejasse, van Vlooten poderia, em algum recanto da sua cabeça, pendurá-lo numa parede ou sobre o aparador da lareira, pensei com os meus botões a certo momento. Ela veio diretamente para onde nos encontrávamos. Descrevi a van Vlooten também os ombros harmoniosos e o vestido de algodão cor de milho. Ela nos olhava como quem o faz de uma certa distância, com uma expressão que de alguma maneira já se predispunha a adiantar a conversa que se seguiria: esbocei a grandes traços o seu sorriso franco, sim, ainda que revelasse a sua inclinação às ironias. Três mulheres a caminho do terraço cruzaram-lhe o caminho, e ela recuou alguns passos, aguardando ao lado de uma coluna. Cuidadosamente, com os olhos apertados, mencionei a alvura de seu pescoço e entretive-me na tarefa de relacionar os braços igualmente alvos da moça diretamente à violinista sobre o pódio que, deslizando o arco sobre as cordas com os braços descobertos ou, seja como for, desnudados pelo vestido sem mangas, abraçava a música que tocava apaixonada, vigorosa e ternamente, com o arco em posição perpendicular ou tocando as cordas apenas com a ponta, levando a música fisicamente aos ouvidos do público: todo e qualquer frequentador de salas de concerto sabe a que me refiro. Até que ela chegou. Suzanna Flier parou diante da nossa mesa, e ainda tive o tempo exato para descrever a van Vlooten o pano de fundo.

A espada pendente e denteada de uma palmeira de um negro-esverdeado.

5

Tudo isso se desenrolou numa paisagem magnífica. Também eu me levantara no terraço a fim de observar as colinas de Sainte-Croix-du-Mont, que se encontrava defronte a nós. Pareciam refulgir com uma fosforescência própria, através dos raios do sol poente. Ainda não eram sete horas. Atrás de mim, no *lounge* à meia-luz, van Vlooten e Suzanna Flier conversavam. A conversa havia tido início da mesma maneira banal de sempre. Sentia-se à vontade ali? Claro que sim. Costumava participar de *workshops* como aquele? Era a primeira vez. Estava gostando das aulas de Eugene Lehner, o maestro húngaro? Ela o fitou, permanecendo em silêncio por um momento, e eu soube que era porque lhe faltavam as palavras.

— São dessas horas ... — começou a dizer ela, calando-se mais uma vez.

— Sim? — perguntou ele. — São dessas horas...?

— ... que vêm de um outro mundo — suspirou ela, com acanhamento.

Estavam sentados próximos um do outro. Suzanna Flier, seguindo a intuição feminina, estava ciente de que deveria estar suficientemente próxima do cego para que ele a pudesse tocar e cheirar. Estava sentada numa cadeira de espaldar reto num nível um tanto mais elevado que o dele, inclinando-se na sua direção. Ele, por sua vez, mantinha o crânio calvejante e luzidio voltado para ela; o rosto, um pouco torcido, dirigido para o terraço. Estavam ambos fumando. Como Suzanna Flier lançasse de vez em quando, enquanto falava, ligeiros olhares à sua volta, fiquei com a impressão, voltando-me para eles, de que ambos, unânimes e de comum acordo, me fitavam fixamente.

Na verdade, não havia nenhuma "unanimidade". Uma semana de curso de férias como aquela fazia com que os participantes se solidarizassem enormemente uns com os outros. Van Vlooten estava hospedado no Château Belvès, no Périgord, com velhos amigos da sua família, ao passo que nós convivíamos intensamente uns com os outros durante aqueles cinco dias. As *master classes* eram dadas numa ala separada do castelo. Tanto os professores como os participantes dispunham cada um de um aposento amplo com banheiro, o que não impedia que acabassem se encontrando nos corredores inúmeras vezes durante o dia e em horários noturnos os mais disparatados, ainda que fosse somente a fim de trocar alguma partitura ou, movidos por uma nova ideia, um fraseio irresistível, executar sem delongas alguma peça para apreciação do companheiro. Alguma porta deixada entreaberta? Estaria equivocado ou estava, com efeito, ouvindo um trecho da Quarta de Schönberg? Passava da meia-noite. Havia muito. Estendendo os dedos, poderia, se quisesse, empurrar a pesada folha da porta, entrar no aposento e encontrar um violista sentado na beirada da cama, e onde poderia acompanhar uma execução arrebatada do caprichoso motivo do *agitato* da última parte da composição, transcrita em 1936; uma peça que desde então, durante cada execução, só faz ganhar em clareza e verossimilhança.

Uma vez que estava trabalhando num estudo sobre um dos maiores *ensembles* da história dos quartetos de corda, o Quarteto Kolisch de Viena, tive permissão para participar como ouvinte das aulas do antigo violista do quarteto, Eugene Lehner.

Um senhor idoso e frágil com um terno cinza e uma camisa branca. Um mestre sentado um tanto de lado na sala de aula, observando quatro músicos que tocavam uma peça que ele sabia de cor, nota por nota: o primeiro quarteto de corda de Janáček. Uma composição musical contando uma história. Suzanna Flier, primeiro violino, devia interpretar o papel da mulher na história em questão. Ela, porém, só pensava nas notas, deixando de lado um enredo do qual ela só conhecia algumas particularidades vagas. Os quatro músicos tocavam com as costas voltadas para a janela, que dava para o jardim. Eles e o mestre achavam-se unidos por um dos tapetes bordôs que se estendiam sobre toda a superfície do assoalho.

— Posso fazer uma observação?

Ao entrar no aposento hoje de manhã, encontrei o quarteto tocando; Eugene Lehner acabava de perguntar a Suzanna Flier se podia ensinar-lhe algo. *May I make a remark?* O seu inglês era um inglês de centro-europeu que permance centro-europeu, ainda que tenha passado metade da sua vida em Boston.

Tirou os óculos. O quarteto se manteve na expectativa. No gesto com que o músico assinalou algo endereçado a Suzanna Flier, ocultava-se um quê de apologético: tratava-se apenas de um mínimo detalhe. Ela acompanhava com o olhar a mão do ancião.

— Ti-ia-da... — cantarolou Eugene Lehner, gesticulando com a destra ao exemplo de um arco deslizando sobre as cordas.

Ela assentiu gravemente.

— Estenda um pouco mais — sugeriu. — Eu faria da seguinte maneira — disse, cantando e gesticulando. "Tádii, tádii...".

Ela voltou a assentir e anotou algo na partitura com um lápis.

E pronto. Tratava-se de um dos momentos coletivos que ultrapassaria em muito o simples tempo das aulas. E eu pude ver claramente que, enquanto seguia tocando,

Suzanna Flier permanecia sintonizada ao mestre, obediente, escutando com atenção; às vezes ele se inclinava ligeiramente na sua direção, o que não lhe passava despercebido. Conseguindo tocar a passagem com perfeição da segunda vez, arrancou do mestre a exclamação "*Heaven!*", elevando os dedos à boca. Percebi nitidamente que ela sabia, mesmo sem olhar na sua direção, que todo o rosto do mestre brilhava.

Como poderia, nesse momento, estar interessada no crítico cego? Estava entretida numa animada palestra com ele, bebericando o *kir* Mähler-Bresse que ele encomendara para ela, os pés apoiados sobre as ripas da cadeira, o que deixava suas pernas encobertas pelo vestido. Bem, na realidade ela ainda se encontrava na sala de aula diante da ampla janela, pela qual se filtravam raios de luz que incidiam sobre o tapete como uma faixa de tinta carmesim.

— Que feminino, que elegante! — dissera Eugene Lehner. — Eu achei que agora você tocou *muito* melhor.

O quarteto já estava guardando os instrumentos. Estava quase na hora do almoço. Suzanna Flier, curvada sobre o estojo, fitou o professor com uma expressão ansiosa no rosto que parecia perguntar: "Sim?"

— Sim — disse ele para acrescentar em seguida, já que imaginava que ela quisesse ouvir mais: — Funciona muito bem modificar o toque do arco dentro do *legato*.

No momento seguinte, a violinista foi sentar-se ao seu lado para fazer-lhe uma última pergunta. Os demais se juntaram a eles. Eugene Lehner assentiu, refletiu e, com uma expressão inteiramente ausente no rosto, pôs-se a folhear a partitura que mantinha sobre os joelhos.

Foi quando fez a observação, à guisa de incentivo e a ninguém em especial, cuja força profética, bela e terrível, ele jamais poderia ter suspeitado. Afinal, quem fala sobre música fala através de rodeios.

— Não *toque* as notas — disse amavelmente —, apenas humanize-as.

Calamo-nos, pensando haver entendido perfeitamente ao que ele se referia.

AINDA TÍNHAMOS uns três quartos de hora antes de que um ônibus nos levasse até o Grand Théâtre de Bordéus, onde seria dado o primeiro dos dois concertos que encerrariam o evento. Nessa noite tocariam duas bandas húngaras e uma americana. O Quarteto Schulhoff estava agendado para o dia seguinte. No refeitório do castelo, estariam nos preparando um bufê. Jantaríamos posteriormente. Decidi juntar-me mais uma vez a van Vlooten e Suzanna Flier. De que estariam falando? Eram praticamente os únicos indiferentes à particular profusão de nuvens que se ajuntavam acima de Saint-Croix-du-Mont. As colinas pareciam afastar-se. Percebi que se estava falando das tempestades repentinas e iminentes, características da região.

— E então, como vão?

Ambos ergueram o olhar, se é que se podia chamar de olhar a expressão trocista no rosto de van Vlooten.

— Bem — disse Suzanna Flier. Sorriu para mim, mas não deixou que a minha presença a desviasse do assunto que debatia com van Vlooten.

— É verdade — admitiu. — Quando se toca, se está sobretudo sozinho na própria parte.

Ele:

— Então você não toca *e* escuta ao mesmo tempo?

Ela:

— Claro que sim. Mas perde-se a ideia do todo.

Ele:

— Talvez ainda mais porque a sua parte, como primeiro violino, se destaca sobre as demais?

Percebi que ela mantinha os olhos, agora calmos, enfocados no rosto dele, que não vagueavam mais na direção do terraço. Replicou que o ouvido com efeito tende a captar os tons mais altos, mas que num quarteto costuma ser a viola, com sua aparente modéstia, com sua tendência a fundir-se à música, que dava o tempero às coisas.

— Uma bela tarefa — disse ele quando ela se calou. Estava evidente que queria fazer soar novamente a voz dela. Queria que ela falasse. Que falasse para que pudesse visualizar o tom necessário para colorir-lhe a pele e os músculos da face junto com a clareza de seus pensamentos.

Ele quis saber sobre o prazer de tocar num *ensemble*.

A resposta dela, porém, versou sobre os seus perigos.

— Às vezes... — disse ela. Eu havia entendido que ela já não se encontrava na sala de aula, mas uma porta mais além, sobre um pódio. — Às vezes tudo está ótimo. Tudo o que você fez, todo o caminho percorrido, os estudos, os ensaios, a procura, o pensar; tudo conduz para... o agora. Você perde o medo. Enche-se de entusiasmo.

Ela franziu o cenho, as narinas se inflaram.

— É mesmo? — perguntou ele.

— Depois a gente se envolve tanto em tocar em conjunto que sabe: Opa, aqui é preciso ter cuidado.

Voltou o rosto na minha direção, cravando em mim um olhar insondável. Manteve-se calada alguns momentos, até dizer: — Bem, vou dar uma subida rápida. Desço em dez minutos.

E saiu às pressas para trocar de roupa, ela, Suzanna Flier, após conversar com um homem cego e intrigante. Estou seguro de que gostou de que ele se mostrasse interessado e de que o seu trágico defeito físico mexia com ela, mas também de que não estava absolutamente nos seus planos fazer o eminente crítico, que estava ali a fim de escrever, interessar-se especialmente pela apresentação do Quarteto Schulhoff. Ela não era assim. Aliás, no que dizia respeito a esse ponto, as coisas se dariam de maneira inesperada. Ele não escreveria. Marius van

Vlooten, sem maiores esclarecimentos, ficaria devendo ao jornal *NRC Handelsblad* o artigo que prometera sobre a Semaine Internationale de Quatuor à Cordes de Bordéus. Naquela noite, ele ainda seria conduzido ao primeiro dos concertos para a sua apreciação. Ignorando o convite à recepção dada no âmbito do evento, pediria sem delongas para ser conduzido de volta ao hotel a fim de recolher-se ao seu aposento. Mantinha-se aferrado ao hábito. Após haver gravado numa fita as suas impressões, pediria que lhe levassem ao quarto um *steak bordelaix*, acompanhado de meia garrafa de Château La Rose, seguindo depois para a cama. Com uma disposição de espírito das mais estranhas, ouviria rebentar uma tempestade de curta duração, imaginando-a varrer toda a região, desde a velha torre de Montaigne no Périgord até a conformação gigantesca do porto ao longo da qual o Gironde desemboca, num curso d'água tão largo que se perdia de vista, no oceano Atlântico.

Inclinou-se na minha direção.

— Diga-me uma coisa — pediu, curioso. — Ela, por acaso, olhava para mim, ou estava observando ao redor enquanto falava? Ou estaria olhando para você enquanto conversava comigo?

Para mim? Apanhei o copo de Suzanna Flier, que permanecia cheio à nossa frente na mesa. Quer dizer que o fato de não enxergar se faz acompanhar pela suspeita ou pelo medo de não ser visto, pensei. Cerrei os olhos por alguns momentos e tentei imaginar como deve ser conversar com alguém que estará pensando: que diferença faz eu sorrir ou não para ele?, para que a minha mímica, posso muito bem voltar a minha expressão para um terceiro circundante que as minhas palavras não deixarão de surtir o seu efeito. Esvaziei o conteúdo alcoólico açucarado do copo num único trago. A beberagem subiu-me na mesma hora à cabeça.

— Ela encarou tão diretamente o seu rosto — disse eu — que se podia pensar que queria ler nele os seus pensamentos.

Ela entrou pela porta envidraçada. Acenou em nossa direção, mas continuou diretamente para o refeitório. Lembro-me de ter-me sentido incitado a registrar mentalmente a sua saia justa e os seus sapatos de salto alto, por um sentido de cumprimento de obrigação que nascera naquela tarde nebulosa, a fim de comunicar as minhas impressões a meu companheiro, acrescendo o comentário de que estava belíssima, como toda mulher que oculta um amor secreto: animada, caprichosa, agoniada, reservada, calada, apática, suplicante, chorosa, apressada, excêntrica, incansável, despreocupada, inescrupulosa, apaixonada, exuberante como uma melodia em clave de sol, assustada como um *tremolo*; em resumo, bela como as notas que não lhe saíam da cabeça havia dias.

6

No voo de Bruxelas com destino a Bordéus, tivemos uma altercação a respeito.

— Ah, deixe disso!

— Pois eu digo que sim — insisti. — É claro que conta!

— Claro que não!

Ele respirou fundo. Sacudiu a cabeça. Eu mesmo não entendo por que estava afirmando algo em que, naquela época pelo menos, mal acreditava.

— Conta, sim — reiterei, teimoso.

Voltando-me na direção dele no assento exíguo do avião, voltei a fazer uma breve sinopse do tema por detrás do tal quarteto de cordas. Paixão de uma mulher. Ciúme do seu marido. Compaixão do compositor. Enquanto falava, apontei três dedos para o ar.

Ele se pôs a rir baixinho, com sarcasmo.

— Sei. Quer dizer que encontrou tudo isso na partitura?

— É que, eh... — comecei a dizer, procurando pela palavra que faria jus ao infinitamente enigmático processo de composição. — Está nestas notas: *hineingemogelt*.

Dessa vez ele rugiu de riso. Esticou as pernas para o corredor e abriu os braços com as palmas abertas.

— *Hineingemogelt!*

— Bem — disse eu, após intercalar uma pausa melindrada. — Leia então a carta em que Janáček diz à sua adorada Kamila que, durante a composição da peça, havia pensado na pobre mulher castigada e martirizada sobre a qual Tolstoi escreve na sua novela.

Van Vlooten:

— Sei, sei. E ela, a música, me arrebata de repente e me faz sentir o que o próprio compositor sentiu...

Aferrado como estava à minha ideia, não percebi a ira que se apossava dele. Usando a mesma inflexão de voz, completei:

— Pois é. O meu espírito se funde ao dele e, assim, em harmonia, deixo-me oscilar de uma disposição de espírito a outra... — Afinal, eu também sabia do que estava falando.

— Escute — disse van Vlooten —, eu costumo gostar de uma sobremesa para adoçar a boca depois de comer.

— Eu também — disse, avistando o comissário de bordo e acenando-lhe.

Trouxeram-nos *profiteroles*.

— Que bem fizemos em pedir! — exclamou van Vlooten, dando a primeira dentada no doce. E seguiu: — A compaixão do compositor! Com todo respeito, *Mijnheer*, mas isso não passa de um aquecimento individual. Matreiro como é, deveria saber disso.

— Deveria saber disso?

— Deveria, sim!

A sua voz soava ríspida. Foi essa sua rispidez que me fez perguntar, complacente:

— E o que se segue ao aquecimento, à sua excitação individual e não dissimulada, se é que é o caso?

— A obra, *Mijnheer*. O campo em que música é música.

Lambi os dedos. Van Vlooten estava apanhando um lenço. Enquanto eu desdobrava um guardanapo de papel, comecei a discorrer sobre o enorme efeito que a música pode exercer sobre a nossa disposição de espírito, coisa que os gregos da Antiguidade já sabiam.

— O modo frígio já era tido como uma ameaça ao Estado — disse eu.

Ele me corrigiu irritado.

— O senhor quer dizer: o modo mixolídio. Mas eu sei aonde quer chegar.

— A música é um elemento manipulador — disse eu.

— Correto. Muito bem.

— Mas é claro que ela só pode estimular algo já existente em nós, por mais latente que seja.

Guardou o lenço e deu-me um vigoroso cutucão com o cotovelo.

Prossegui:

— Quer lhe agrade ou não, no quarteto em questão se esconde sem sombra de dúvida algo por natureza infinitamente mais poderoso que compaixão.

Ele não replicou, desviando o olhar como se quisesse interromper o curso da conversa.

Num tom de voz baixo, mas que não deixava de se destacar do ruído do motor, eu disse-lhe:

— Ciúme.

Distanciando-me mentalmente do nosso diálogo, pus-me a pensar no arco arranhando as cordas da viola. A composição é ligeira, tendo sido escrita em oito dias, pensava. Mas ele, Janáček, andara durante anos com ela na cabeça. Chega um momento em que um tema assim aparentemente acaba voltando à tona.

— Aonde quer chegar na realidade? — inquiriu van Vlooten uns dez minutos depois. Tinha-se endireitado no assento. — Diga-me!

— Não quero chegar a nada. Não entendo a que está se referindo.

Estaria agressivo por conta da bebida? Ouvi-o resmungar algo, mas não pude entender o que dizia.

— Faça-me a bondade de lembrar-se do que eu lhe disse sobre as mulheres da minha vida! — bradou então.

Apanhei os meus cigarros.

— Não vamos criar confusão aqui — disse eu, acendendo um.

Agora que volto a pensar no assunto, não me lembro ao certo de como se deu a seguinte situação: ao noso lado, no corredor, uma aeromoça se agachara, limpando com escova e pá os cacos de vidro dos nossos copos. Enquanto isso, eu tentava inclinar-me para apanhar os cigarros soltos pelo chão, o que não foi fácil, pois o cego parecia querer esmagá-los com os pés.

7

No dia quinze de agosto, deixei o Château Mähler-Bresse, dois dias após o encerramento do curso de férias e do último concerto. O voo de volta a Schiphol partiu às sete horas da noite com uns vinte minutos de atraso. A decolagem deu-se às pressas, de maneira que o avião já se encontrava no ar quando a aeromoça, jovem de tudo, veio se postar ao nosso lado para demonstrar os procedimentos de segurança. Desviei o olhar da paisagem para a moça, que, com uma expressão grave no rosto, mostrava como afivelar um cinto de segurança imaginário sobre a cintura. Com o olhar fixo à sua frente, dizia: "Afivelem os cintos", demonstrando como fazê-lo. Disse também: "Cuidem para que a bandeja no encosto da frente esteja dobrada e endireitem o assento na posição vertical." A sua voz tremia com algo que lembrava um medo vago, o que me fez suspeitar de que aquela era uma das primeiras vezes em que lhe permitiam interagir com os passageiros. De qualquer maneira, não pude esquivar-me do pensamento de que um tubo prateado com vidas humanas escalava o ar obliquamente. Aquela era a maneira mais segura de viajar, disse a mim mesmo, tendo viva na minha memória a recordação do grave acidente em Heathrow havia pouco mais de uma semana. As estatísticas provam isso com números, que, no que diz respeito à regularidade, não eram em nada inferiores a leis físicas naturais. Enquanto a aeromoça solicitava que nos abstivéssemos de fumar por mais alguns minutos, indaguei-me se elas, mesmo que ainda não descobertas, existiam, essas leis do perigo que parecem acercar-se de cada um de nós individualmente, com certa tendência ao bizarro. No começo daquela tarde Suzanna Flier tentara soltar uma mariposa negra presa em seu quarto; subira no parapeito e caíra da janela. O quarto era no segundo andar. Ela dera um grito forte, agarrando-se no mesmo momento às ramas grossas de uma Gloire de Bordeaux, videira selvagem que, na região, vingava tão bem aos pés dos muros a sudoeste.

Marius van Vlooten estivera com ela no quarto. Foi só quando toda a consternação arrefeceu um pouco, enquanto se recuperava, sentada nos degraus de pedra do terraço após alguns goles de vinho, que Suzanna Flier lembrou-se dele. Procurou com o olhar os amigos que haviam acudido, viu-me e acenou.

— Marius... — disse, apertando contra o peito, com uma mão, a alva toalha de mesa engomada que um garçom se apressara em trazer de uma mesa, já que ela estava nua em pelo. Suzanna Flier ergueu um olhar significativo na direção das janelas que eu sabia serem do seu quarto.

Encontrei-o desnorteado no corredor do segundo andar. Nessa época van Vlooten ainda possuía um físico bem desenvolvido. Era um homem de boas maneiras que, apesar da cegueira, sabia vestir-se com certo estilo. E agora eu o encontrava a uns três metros das escadas, vestindo uma calça cinzenta de malha de lã e uma camisa mal abotoada sobre ela. Quando o vi, ele estava voltando-se para a parede, buscando-a às apalpadelas, e as suas mãos passaram pelas penas de pavão que se encontravam num vaso alto sobre um tamborete. Recolheu as mãos apressadamente, como se reagindo a um susto, e dei-me conta da expressão de agonia que lhe estampava o rosto, vi o alarme e soube que o seu objeto não poderia ser ele próprio, sobrepassando em muito a realidade dos fatos. Afinal, deveria ter ficado sabendo que a sua amiga havia sido salva.

— A coisa acabou bem — disse eu, após tê-lo conduzido de volta ao seu quarto e nos sentarmos lado a lado na beira da cama. Pus-me a relatar o que, na minha opinião, deveria ter ele próprio acompanhado com os ouvidos: que, apesar de ser o horário da sesta, uns poucos músicos permaneciam conversando à sombra da laranjeira e que, ao fundo e a intervalos, se ouviam os ruídos metálicos da pá do jardineiro na estufa, que misturava areia e cal.

Foi quando todo e qualquer ruído foi abafado por um excruciante grito de socorro, a que se seguiram três ou quatro minutos durante os quais Suzanna Flier ficou agarrada às trepadeiras da fachada, até que se dispusesse abaixo dela uma escada, que foi desdobrada num piscar de olhos. Desceu por ela com a graça de uma deusa, indo parar num canteiro de alfazemas que ela deveria sentir cálido sob os pés. Exclamou, suspirando:

— Meu Deus, quase morro de susto!

Van Vlooten não deu mostra de interesse. Arfava sem dizer nada. Deixamo-nos estar ali por alguns momentos, sobre a cama desfeita, enquanto os meus olhos registravam sobre o solo peças de *lingerie* tiradas de qualquer jeito, a bengala do cego e o vestido amarelo, sentindo perto de mim a materialização quase palpável do medo, o medo em relação à morte da amada, ainda que a vida real, sem drama, já tivesse dado mais um passo adiante.

Rilhava os dentes. Disse então:

— Tenho de vomitar, senão sufoco.

Conduzi-o até o banheiro, levantei a tampa do vaso e cuidei para que ele se curvasse no ângulo certo.

ELA ESTENDEU O braço direito num gesto enternecedor para a parede lateral da cabine, em seguida o braço esquerdo: as saídas de emergência. Informou-nos que, caso a luz se apagasse, se acenderiam as lâmpadas de emergência no corredor. Inclinei-me para a janela a fim de dar uma última olhada na foz do Gironde: um panorma grandioso e esplêndido. Teria ela ideia, indaguei-me, de como aquilo era sério para ele? Saberia que nenhuma mulher, nos últimos vinte anos, mexera com ele tanto como ela, agora? Eu estava convencido, naquele momento, de que Suzanna Flier se lançara numa aventura amorosa com o cego da maneira como uma mulher se aventura, apaixonada e frivolamente: um pequeno turbilhão amoroso que a certificasse do desejo que despertava num homem. Fazer o seu destino coincidir com o de um homem, porém, é uma história bastante diferente.

Eu tinha ouvido de diversas fontes como ele e ela se haviam aproximado gradualmente. Apesar de haver estado bastante na companhia deles, devo dizer que a sua intimidade crescente me havia escapado; eu me abstraíra. No entanto, uma certeza eu tive, posteriormente: os vinte minutos durante os quais Marius van Vlooten voltou a franquear o acesso ao amor na sua vida, ainda que com forças próprias e muito difíceis de controlar, foram os vinte minutos em que tão arrebatadamente o Quarteto Schulhoff executou a sonata *Kreutzer*.

— Ele ficou tão imóvel quanto uma pedra — disse-me o segundo violinista do Quarteto Anônimo escocês, um pouco depois, no saguão. Estivera sentado durante o concerto ao lado do crítico e sentiu de um modo inteiramente físico como o outro, curvado para a frente, se petrificara, tanto que não pôde deixar de lhe lançar alguns olhares enviesados. Havia-lhe chamado a atenção o fato de o cego perscrutar tão fixamente cada um dos músicos que era como se com efeito pudesse enxergá-los.

— Não — repliquei. — Não estava enxergando a todos, mas só a ela. Ele só pôde ver Suzanna Flier.

O jovem louro fixou em mim um olhar curioso. Estávamos de pé com um copo na mão, na aglomeração que se formou após o concerto. Vi-o sorrir e suspeitei que o seu terceiro olho devia estar vendo a primeira violinista em seu vestido de concerto de seda verde, com o cabelo preso num belo coque. Mas eu conhecia — e como! — o retrato que o cego tinha registrado nos olhos mortos desde o dia anterior: o de uma mulher de amarelo com uma trança pendendo sobre as costas, os braços alvos gesticulando sem constrangimento. A expressão do rosto, porém, ela procurava conter ao deixar o arco deslizar com a mão direita sobre as cordas do instrumento enquanto as pontas dos dedos da mão esquerda, meticulosos, se ocupavam de outra tarefa.

Os quatro instrumentistas no pódio tomaram os seus lugares segundo a antiga formação musical dos tempos de Haydn, fato de que van Vlooten, sem sombra de dúvida, se deu conta assim que começaram a tocar: os dois violinistas cada um numa das extremidades, violoncelista e violista no centro. Essa disposição empresta à qualidade do som um certo equilíbrio que nós, público dotado de visão, constatamos facilmente com os olhos antes de comunicá-lo aos ouvidos: ah, veja só, o violoncelista está ao lado do primeiro violinista, que qualidade de som! No momento em que van Vlooten chegou à mesma constatação, a sua percepção já havia galgado outro patamar. O seu mundo, afinal, transparente e mais amplo, era de um gênero que somente existia com elementos percebidos pela audição, por fragmentos soltos de som, em adivinhações que se anulam radicalmente a partir do momento em que emudecem: árvores são árvores enquanto há vento; nas manhãs de segunda-feira, toda uma fileira de casas permanece insuspeitada, até que alguém abra uma janela ruidosamente; as paisagens etéreas abrem alas como fantasmas para dar passagem a algum trem estrepitoso... Pois é, o quarteto havia começado a tocar, e van Vlooten inclinava-se para a frente sobre o assento. É possível que naquele dia só houvesse pensado em Suzanna Flier com um interesse vago e passageiro, mas agora devia estar vendo-a nitidamente com o vestido estival, pois o que soa afirma a sua existência particular, assinalando um "onde" e um "por quê". Eu me sentara um pouco afastado nessa noite, no lado direito da sala, e bem me lembro de que a música fluía fantasticamente. O encantamento surgiu com as primeiras notas, o encantamento de um *continuum* que não se calaria, não se calaria nem mesmo diante da vida real, que jamais deixa passar a ocasião de impor-se no primeiro plano, em meio a tossidelas, frufrus, arrastar de pés e cordas sendo afinadas.

— Gostei muito de que tenham interpretado os quatro movimentos praticamente sem pausa entre eles — disse-me o violista escocês.

Concordei, dizendo que, na minha opinião, tinha sido essa a intenção de Janáček. Ele assentiu, na sua condição de *connaisseur*.

— Ele pretendia apenas que se fizesse uma pausa mais prolongada entre os movimentos.

— É verdade.

— Almejava um *leitmotiv* que se autopropulsionasse.

Entreolhamo-nos.

— Sim — disse eu. — Ele tinha em mente um drama psicológico forrado de uma fatalidade que nenhuma força no mundo poderia conter.

Quando desviei o olhar do meu interlocutor, avistei van Vlooten no outro extremo do *foyer*. Havia-se postado, só, na soleira das portas que se abriam para o terraço, com as costas voltadas para mim. Sua cabeça, sobressaindo acima das outras, perfilava-se acima do torreão azul-escuro de uma edificação nas cercanias.

JAMAIS PRESTO atenção. Será que, numa situação de pânico extremado, saberia apanhar uma coisa daquelas, uma dessas minimáscaras tão frágeis, ajustando-a corretamente sobre nariz e boca? A aeromoça logo à minha frente já quase havia concluído a façanha, faltando-lhe nada mais que passar o elástico por detrás da cabeleira.

Não posso negar que as coisas desse gênero sejam bastante sugestivas, de maneira que estiquei o braço e girei o botão da saída de ar acima de mim até sentir a lufada de ar no rosto. "Vento, por que continuas acariciando este corpo?", ocorreu-me, e no mesmo instante me lembrei que no Grand Théâtre, dois dias antes, também soprava uma brisa amena.

E aquilo fora muito bom. O Grand Théâtre é um teatro do século XVIII em que as pessoas se empoleiram em assentos felpudos dispostos em três níveis. E, visto que a pancada de chuva do dia anterior não trouxera refrigério algum — muito pelo contrário —, a atmosfera externa que se infiltrava pelos corredores era muito pesada, pesada e abafada. Menos mal que pelas portas laterais da plateia entrava uma correnteza de ar, uma carícia invisível unia entre si os espectadores da fileira dianteira; unia-os ainda mais por conta do calor denso e de toda a massa de emoções que já os perpassava coletivamente. Todos ouviam a primeira violinista tocar a melodia em dó sustenido, ré, dó sustenido, si, dó sustenido, fá sustenido-ré, dó sustenido, si, que contém em si um "sim" e um prazer secreto, a que o violoncelista replicava gravemente. Que loucura, pensei cá para mim, escutar uma história assim na companhia de oitocentos indivíduos inteiramente sintonizados; uma história, como não podia deixar de ser, consistia em oitocentas versões distintas.

E observar aqueles quatro! O violista era um músico alto de cabelo escuro que, sentado atravessado na cadeira, obedecia ao comando das notas com furiosos movimentos do arco, enquanto o rosto se contraía repetidamente num ricto mínimo mas bastante enigmático. O segundo violinista, preparando-se para executar uma série de compassos velozes, cravava energicamente os saltos no solo com uma expressão levemente raivosa no olhar. Acontece-nos por vezes de só posteriormente nos darmos conta de algo que em realidade já sabíamos: Marius van Vlooten não só estivera olhando exclusivamente para a primeira violinista — na sua situação, não poderia ser diferente —, como também seguira sobretudo a sua linha melódica na execução.

Tratava-se de uma noite nada comum. Suzanna Flier havia dito ao crítico ainda no dia anterior: "Quando se toca, perde-se a ideia do todo." Agora ela também deixava transparecer a sua linha pessoal no relato melódico que seria ouvido essa noite, o destino que lhe cabia na história. Isso jamais se afigura a um músico como algo passivo, pois se o destino tenta alcançá-lo, você deve abrir as portas de par em par para deixá-lo entrar. Foi o que ela fez nessa noite, o que não passou despercebido aos ouvidos de van Vlooten, que a acompanhava, sem dar-se conta, naturalmente, do elemento em que se apoiava na euforia da sua concentração: o conselho, a indicação misteriosa que o professor, após refletir longamente, formulara com hesitação.

Não toque *as notas, apenas humanize-as.*

Quem poderia dizer o que o idoso maestro entendia aí?

Nada de tragédia conjugal, disso estou certo, pois os músicos pensam abstratamente. Nem a história infeliz ensejando as notas referentes ao desenlace de uma vida conjugal asfixiante, referentes a uma sonata beethoveniana e à morte, bela, musical, de uma mulher cujo adultério não era fato confirmado, mas que acabou apunhalada por uma adaga. Aliás, nem o público ouvinte sequer chega a pensar no galope de uma parelha de cavalos, ou de uma carruagem em carreira desabalada, deixando, ao invés, que os sons se precipitem sobre si como uma fonte de estranhas emoções já sobre as emoções antes presentes no seu coração. E é verdade. Mas na sala de concertos também se encontravam dois apreciadores de música que, no voo de Bruxelas a Bordéus, se haviam desentendido; que, num avião ruidoso e a uma hora avançada, haviam estado exercitando a imaginação, às voltas com a questão de ser possível ou não ler nas entrelinhas da partitura, caso se deseje, a fúria de um homem, exacerbada a um ponto em que tudo passa a representar perigo.

NÃO É FÁCIL para um cego encontrar uma pessoa específica numa recepção apinhada de gente. Sobretudo se a pessoa, uma violinista, não estiver na expectativa de uma conversa, minimamente ciente como está da sua presença.

— Ele me pediu para ver se ela se encontrava no recinto — disse a violoncelista do Quarteto Jefferson dos Estados Unidos, um dia depois. A moça, tão alta como o próprio van Vlooten, havia dito ao cego que junto à parede traseira, à sua direita, estava disposto um bufê fantástico, descrevendo as iguarias tanto quando podia enxergar de onde estavam e prontificando-se a ajudá-lo a fazer um prato. — Mas ele só queria saber quem estava esperando na fila, quem circulava por ali e quem estava sentado à mesa — disse ela.

Tratava-se da noite que se seguiu ao concerto, a noite de encerramento da Semaine Internationale de Quatuor à Cordes, e todos estavam preocupados em estreitar os laços, nos últimos momentos, de amizades que haviam feito no decorrer daquela semana. Van Vlooten havia-se postado com sua bengala em meio àquela azáfama, como num lugar de honra, mas sem que os demais registrassem especialmente a sua presença ali. As pessoas chocavam-se contra ele, pediam desculpas, ofereciam-lhe algo de beber e perguntavam, ademais, se lhe poderiam ser úteis em algo.

— Sim, e muito. Eu gostaria de falar com alguém do Quarteto Schulhoff.

E foi assim parar de chofre face a face com o violista do quarteto, que se inclinou cortesmente para ouvir o que o crítico tinha a indagar. Nada. Van Vlooten esvaziou o copo, ao que prontamente lhe colocaram outro na mão. Foi em seguida apresentado a dois senhores, sem mais nem menos, e ele nem mesmo entendeu de quem se tratava. Trocaram algumas palavras educadas sobre o calor abafado que não cessava, tornando o recinto, e emudeceram por alguns segundos, atentos a uma trovoada distante, após o que van Vlooten reiterou o seu desejo de falar com um dos integrantes do quarteto. A festa já ia muito animada, com o encanto que surge quando os membros talentosos, belos, jovens e ligeiramente neuróticos de uma comunidade adejam como uma revoada de pássaros, passando uns pelos outros antes de seguir voando em pequenos grupos ou individualmente.

Não sei por que van Vlooten não pediu para ser conduzido diretamente para junto de Suzanna Flier. Quando me deparei com ele, vi que estava conversando com uma mulher miúda que suava em bicas; tão miúda que o crítico provavelmente nem mesmo se dera conta da voz tênue que se produzia à altura do seu ventre em meio ao alvoroço geral. Eu acabara de fazer o meu prato no bufê, e foi com um prato bem servido que o avistei.

— *Mijnheer* van Vlooten!

Ele se voltou no mesmo momento para mim. O seu rosto tinha manchas vermelhas. Enquanto segurava o prato com uma das mãos, com a outra eu o conduzi pelo cotovelo para junto das mesas às quais se podia sentar. Sondando o solo com a ponta da bengala a cada passo que dava, ouviu de mim a enumeração de entradas que eu lhe havia servido. Disse-lhe que logo faria outro passeio até as mesas do bufê. Como que por um acordo tácito, evitei de conduzir o meu amigo diretamente até onde se encontrava a sua donzela. Ou melhor, eu o conduzi até ela diretamente, mas formulei as minhas palavras de uma maneira um pouco diferente:

— Veja! — disse. — Aqui está Eugene Lehner. Quer que o apresente a ele?

O mestre húngaro estava sentado no canto de uma fileira de mesas que os seus alunos haviam juntado. À sua esquerda, à cabeceira, Suzanna Flier, com os talheres nas mãos, justamente se inclinava na sua direção a fim de lhe dizer ou lhe perguntar algo. Quando Marius van Vlooten se sentou do seu outro lado, em uma cadeira que eu havia puxado, Suzanna lhe endereçou um sorriso fugaz e insignificante por sobre os ombros, mas permaneceu na mesma postura: de costas voltadas para ele. E, enquanto van Vlooten começava a comer e eu, ao seu lado, sem que ele se desse conta, roubava do seu prato a intervalos algum bocado, Lehner prosseguia, instado pelos demais convivas, a anedota que estivera contando e de que eu, anos mais tarde, me lembrava da seguinte maneira.

Era 1927, e o verão já estava chegando ao fim. Lehner e os outros três integrantes do Quarteto Kolisch estavam hospedados no Hotel Americano de Amsterdã. Apresentar-se-iam duas vezes naquela semana na pequena sala do Concertgebouw, tocando um programa com Schönberg e Beethoven. Os quatro músicos se dirigiam numa das suas noites livres aos seus respectivos quartos — haviam comido no restaurante do hotel — quando se imobilizaram sobre as escadas que conduziam ao segundo andar. De repente, cada um deles imaginou estar tendo alucinações: vindos dos seus quartos, ecoavam ali, tênues mas inconfundíveis, os sons produzidos por um par de violinos, uma viola e um violoncelo. Suspendendo a respiração, puseram-se em marcha, enquanto se esforçavam instintivamente por identificar a música que, ainda que familiar, lhes era desconhecida. Alcançaram então os quartos, em que se hospedavam em duplas. Abriram as portas como que em sonho e espantaram-se por não encontrar ninguém ali, ao que os seus olhares se dirigiram imediatamente para as janelas, escancaradas por conta do calor reinante. A música, agora claramente audível, procedia dali, mas também de cima. "Bartók", quis crer um dos músicos, ao passo que outro, o dedo em riste, dizia: "Kodály, puxando para Martinů."

O seu espanto havia no meio-tempo cedido lugar a algo diferente. Como abordar ou corresponder àquele mistério? Como dar-lhe ouvidos? No ínterim de alguns minutos, os violinistas Kolisch e Kuhner, o violista Lehner e o violoncelista Heifetz sacaram os instrumentos dos respectivos estojos, dirigiram-se com eles ao corredor e subiram pelas escadas ao terceiro andar, entrevendo, ao espiar pela porta entreaberta do quarto 309, o que ensejara a ilusão: os quatro integrantes do Quarteto da Boêmia, coincidentemente também em Amsterdã, tocando Janáček. Como já mencionado, tratava-se de uma noite abafadíssima. Em toda a cidade as janelas das casas se encontravam abertas. Os sons da sonata *Kreutzer* — naquele momento ainda demoraria muito para que as suas notas fossem impressas e publicadas — espalhavam-se pelo Leidseplein, escalando a fachada das casas. Os dois quartetos passaram metade daquela noite em beatitude, tocando um para o outro. Os hóspedes do hotel assomaram ao parapeito das janelas, e na rua ecoavam os aplausos.

A TEMPESTADE rebentou pouco antes de amanhecer. Eu estava na cama, dormindo com o cobertor sobre a cabeça, e despertei assustado com as palavras que ouvia em sonho: *"No geral, a música é algo terrível. A que se deve o fato de...?"*. Senti-me atordoado por alguns segundos, sem saber onde me encontrava. Foi quando avistei os caixilhos da janela, atrás da qual relampejava.

O anexo do castelo encontrava-se perpendicular ao edifício central. Jogando um suéter sobre os ombros, corri até a janela para olhar a tempestade: pude divisar os quartos dos meus amigos e conhecidos, alguns vazios naquela noite, outros ocupados por dois hóspedes, os quartos se iluminavam para voltar a mergulhar na escuridão. Vi então, exatamente no ponto em que convergiam as duas alas do castelo, que alguém, como eu, se havia postado à janela; uma sombra imóvel, impossível reconhecer de quem se tratava. Imaginei, porém, que ele, van Vlooten, estaria sentindo naquele momento o estrondo ribombante à sua volta como um dossel envolvente, ao mesmo tempo inalando o aroma dos relâmpagos distantes. Ele também devia ter ouvido a chuva tamborilar sobre o capô do Renault Estafette que permanecia do lado de fora, a *van* do hotel que havia levado uma parte dos integrantes do grupo naquela noite até Bordéus, para regressar ao castelo no breu quando a noite já ia avançada.

8

São as circunstâncias que põem em marcha os ímpetos amorosos, pensei, esticando as pernas. Por fim, cessara de falar a tal garota, agora aparentemente à vontade nas demonstrações. Após encerrar o assunto oxigênio, passara a explicar o funcionamento dos coletes salva-vidas; ensinara-nos a utilização de corda e válvula de sopro, conseguindo fazer com que nos inclinásse-mos para apalpar os assentos por baixo; sim, senhor, havia-nos instruído e bem, pois logo encontramos os coletes salva-vidas. Passou então a falar das ofertas livres de impostos da companhia aérea, aumentado em muito o volume do sistema de som.

Agora a classe recebia um agrado da professora, que distribuiu nozes e refrigerantes, e tivemos permissão para reclinar o encosto das poltronas e fitar a gosto a abóbada celeste. Quase de imediato passei a pensar nas aulas de biologia na quarta série do ginásio estadual, durante as quais nos havia sido explicado que o desejo erótico no animal não reage somente ao seu quadro hormonal. A fêmea do porco-espinho seduz o macho da sua escolha de preferência bem cedo pela manhã, deitada sobre o solo úmido com os espinhos não eriçados; a cascavel taiwanesa macho prefere copular imediatamente, na primavera, quando, meio tonta, desperta da hibernação, um momento em que a sua sexualidade ainda não representa grande coisa; o chapim não quer saber da sua companheira, ainda que o seu corpo já esteja preparado, se não há chuva ou tormenta: o mau tempo funciona como estímulo, e o chapim desincumbe-se da tarefa em menos de cinco minutos. Não é implausível, porém, que tenhamos igualmente as nossas reservas ao entregar-nos ao desejo.

A manhã do dia 14 de agosto começou fresca e com um céu límpido. É em tais manhãs que nos sentimos felizes sem precisar esforçar-nos para tanto. Suzanna Flier deve ter descido do quarto por volta das nove. Visto que ela e os demais integrantes do Quarteto Schulhoff já se haviam despedido do mestre na noite anterior — o voo de Lehner saíra às oito e dez —, imaginei que ela estivesse começando o dia com olhares joviais à sua volta: sim, lá estava van Vlooten ao lado das portas de entrada do refeitório, abaixando-se para tatear o solo com os dedos. Foi quando Suzanna viu junto ao seu pé direito a chave do quarto presa a uma esfera de cobre.

— Aí — dissera ela, anuindo com a cabeça, após aproximar-se e saudá-lo. — Logo atrás do seu pé direito. Isso mesmo, aí.

Foram sentar-se a uma mesinha no terraço ainda molhado, e pediram um substancioso desjejum inglês.

— Eles mais pareciam dois lobos — contou-me uma jornalista flamenga que descera no elevador com Suzanna Flier. Sentada à mesa adjacente, teve a impressão de que os dois se conheciam intimamente. Comiam um do prato do outro. Tinham as mãos ocupadas o tempo todo.

Ela colheu uma flor de capuchinha de um vaso no terraço, ele tomou-lhe a flor, encheu seu cálice com mel e estendeu o braço para levar a flor comestível até onde imaginava estar a boca dela, derrubando a cafeteira, cujo conteúdo, por sinal, já haviam bebido.

— Eu sou um homem terrivelmente desajeitado — disse ele.

Passaram então a discutir o que fariam naquele dia. Ele propôs que fossem ao jardim zoológico. Ela refletiu, pesando os prós e os contras enquanto balançava a cabeça. Nesse ínterim, van Vlooten disse:

— Sabe? Eu adoro animais — e começou a contar sobre uns amigos de seus pais que tinham um macaquinho em casa, um monstrinho com papadas de ambos os lados do pescoço que, obscenamente empanturradas, apresentavam semelhanças, fazendo-se todas as considerações justas e de uma maneira absolutamente lógica, com um par de nádegas rosadas mais abaixo. — Eu adorava acariciar o bicho, apesar de que ele volta e meia franzisse de repente as sobrancelhas, apertasse os beiços, afastasse as orelhas como se fossem de abano e agarrasse a minha roupa com as quatro patas, para então começar a guinchar de um jeito horroroso.

Ela respondeu calmamente:

— Eu estava planejando ir a uma exposição no Museu Biraud. Parece que eles conseguiram reunir lá vários quadros lindíssimos de Picasso.

— Ele ficou olhando-a sem saber o que dizer — contou-me a jornalista flamenga. — Mas depois pareceu achar fantástica a ideia.

Uma ideia fantástica, de fato, não poderia ter sido de outra maneira. Deve ter sido uma excursão de primeira, a julgar pelo que alguns dentre os ainda presentes no castelo — que a hospitaleira cidade de Bordéus continuava a deixar à nossa disposição — relataram no dia seguinte.

— Ele estava nas nuvens quando voltaram — disse alguém.

— Pois é — recordou outro alguém —, ele disse ter visto novamente um de seus quadros preferidos, um retrato que conheceu em outros tempos, em Berlim.

A VAN DO HOTEL levara-os à cidade junto com alguns outros hóspedes. Tinham pedido para ficar na rue Bonnier a fim de caminhar pela Esplanada Charles de Gaule na direção do centro antigo. O sol já estava quente. Sobre o cascalho debaixo de uma amoreira gigantesca encontrava-se um malabarista, um jovem de bombachas negras que, sem deslize, mantinha em movimento, acima da cabeça, oito bolas que descreviam no ar trajetórias geométricas.

— Eu adoro essas coisas — disse Suzanna Flier posteriormente a uma amiga. Havia estacado, sem explicações ao seu acompanhante, mas com a mão aninhada em seu antebraço, pois era assim que estavam caminhando.

E, enquanto ela olhava, ele escutava o que alguns circunstantes diziam, e quando se puseram outra vez em marcha as peças se encaixaram: o jovem que mantinha acima da cabeça oito bolas em movimento descrevendo no ar trajetórias geométricas era um estudante fracassado que havia deixado de um dia para outro de frequentar as aulas, um indivíduo quieto e altamente talentoso que permaneceria o resto da sua vida um genial físico teórico em potencial.

— Pois é, e como estava pálido! — disse Suzanna Flier. E então: — Os malabaristas têm medo. Parece que, de todos os artistas de circo, os mais medrosos são os malabaristas, ainda mais que os acrobatas.

— Acredito.

Haviam chegado no meio-tempo à escada, que galgaram até a entrada do museu. Suzanna Flier estava entusiasmada com as pinturas que veria, sem preocupar-se em saber se van Vlooten conseguiria galgar os duros degraus de mármore que refulgiam ao sol, o que — diga-se de passagem — ele conseguia fazer, e bem. Os cegos sentem-se bem e seguros com sucessões de degraus simétricos dotados de corrimão lateral.

O Museu Biraud era um museu pouco conhecido, situado num bairro antigo e afastado. O edifício quadrado consistia em salas que desembocavam umas nas outras a que franqueavam acesso degraus em forma de meia-lua. No átrio interno, no térreo, encontrava-se uma palmeira que, atraída pela água, crescia na direção do mezanino e do primeiro andar, onde marulhava uma fonte, que, graças à acústica enganosa do edifício, parecia onipresente.

Haviam-lhes dado um bilhete de ingresso e um mapa.

Suzanna Flier estudou o papel, propondo então a van Vlooten começar a visita na sala esquerda do térreo, onde se encontravam obras dos barrocos franceses. Para ele estava bem. Suzanna pegou a mão do companheiro e a pousou sobre o próprio braço. Parecia ter adquirido praticamente de imediato uma disposição de espírito estranha e incontrolada, provocada pelo som de oásis produzido pela fonte e pelas salas brancas e silenciosas que a esperavam repletas de objetos desconhecidos.

— Que loucura — contou ela depois —, mas eu gostei de ele ter consigo a bengala. Era agradável o ruído seco que ela fazia ecoar no assoalho.

Praticamente não havia outros visitantes, o que a espantava, porque o museu era de uma beleza rara. Ao entrarem na primeira sala, ela avistou no outro lado apenas um único homem, de terno azul-cobalto, que logo desapareceu de vista. Suzanna pôs-se a falar sobre o primeiro quadro que via; era um Poussin. Postando-se não tão perto da pintura, mas tampouco tão longe, enrijecendo os membros, indicou a van Vlooten que se detivesse, após o que lhe descreveu o que via: uma paisagem. Perdeu um pouco o prumo quando ele, após ouvir a descrição das árvores e dos templos, mencionou o carro de bois, em posição quase central na pintura, chamando-lhe ainda a atenção para os dois homens em primeiro plano, levando, da esquerda para a direita, o cadáver de um amigo sobre uma padiola: ele conhecia a obra. Ela o fitou no rosto, muito próximo do seu próprio, escutando vagamente o que ele murmurava sobre as cores, que ele comparava às do Ticiano tardio, e mordeu os lábios, pois não atinava com a perturbação que sentia.

Outra sala, a mesma luz de um branco leitoso, a fonte marulhando. Era como se a água estivesse cada vez mais pesada, achava ela, e agora caísse com mais força. Ele, porém, não parecia notá-lo, ou, pelo menos, não deu mostras de fazê-lo, repetindo, entretido e com grande interesse, os títulos das pinturas que ela citava, ou franzindo o cenho sem dizer nada. Claude Lorrain. La Tour.

— La Tour! — ecoou ele, perguntando imediatamente de que obra se tratava.

Não avistando nenhum segurança nas proximidades, havia-o conduzido para bem perto do quadro, e, enquanto ele inalava as luzes e sombras espetaculares balançando a cabeça, e depois apertando-lhe o braço como sinal de que queria pôr-se de novo em marcha, Suzanna se indagou se não estaria porventura num estado febril. "Onde diabos eu vim parar e o que é que estou fazendo aqui?", perguntou-se mentalmente após galgarem duas escadarias, atravessando em seguida dois gabinetes e um pequeno corredor. Pois agora acabavam de deixar para trás um Watteau, aproximando-se de uma sequência de mestres holandeses do século XVII, que ela, incitada pelo som da própria voz que fluía incessantemente como os jatos da fonte, não pôde identificar de imediato. Viu o homem de terno azul-cobalto — o terno clássico dos escultores e pintores franceses —, que se aproximava, vindo da direção oposta, e, ao passar por eles, lhes lançara um olhar de quem diz: "Eu entendo." Não retribuiu a saudação no seu olhar, dirigida a ela ainda que destinada a ambos.

— Veja — disse ela alguns segundos depois, olhando pela primeira vez com a circunspecção que as maravilhas da arte costumam exigir do admirador. Viu uma mulher num interior escuro, sentada junto à janela lendo uma carta. Sim, pensou com aprovação, sentar-se assim, tão calmamente, em seu lugar no mundo; o nosso corpo, afinal, é o que somos. No mesmo momento, deu-se conta do pequeno problema prático que trouxera latente o tempo todo: como proceder para oferecer os lábios a um homem incapacitado de percebê-lo e que, além do mais, só estava interessado nos quadros e cujos olhos azuis cegos positivamente brilhavam com as palavras dela: como expressar com palavras um sentimento fora do alcance de palavras?

— Uma mulher na sua sala de estar — informou, de alguma maneira aliviada. — Uma janela escancarada. Uma porta escancarada. Um cachorrinho...

Desvencilhou o braço do seu, voltando à realidade de uma maneira não desagradável, mas com um comichão nos dedos, como se após um grande susto.

— O que acha — propusera ele calmamente —, vamos logo aos quadros de Picasso?

Ela aceitou prontamente a proposta. Depararam-se em seguida, após errar alguns minutos pelas salas, com mulheres diante de espelhos, sentadas em poltronas vermelhas, em poltronas azuis, deitadas, estiradas sobre divãs amarelos ou cingidas num abraço masculino, nus artísticos de mulheres que o autor, num período de inspiração excêntrica, derivada do campo da sexualidade, havia pintado nos anos 1930. Ela lhe descreveu quadro por quadro, com toda a riqueza de detalhes, ainda que cuidasse de satisfazer em primeiro lugar a própria curiosidade. As imagens são mais céleres que as palavras, o que ela sabia perfeitamente. As imagens femininas traziam-lhe imediatamente à tona algo de familiar, pesado e cáustico: eram descomplicadas, obsequiosas, complacentes no seu repouso, pois o que se retratava ali não dizia respeito exclusivamente ao prazer masculino. Enquanto isso, descrevia-lhe formas e cores, tão minuciosamente quanto possível, e essa fria descrição, destinada a ele, proporcionava a Suzanna um prazer semelhante ao de certas conversas telefônicas, íntimas e vulgares, falhando intermitentemente. "O que fazer para conseguir o nosso primeiro beijo?", indagou-se ela. E começou a desejar nada mais que se encontrar na penumbra de um táxi, que os conduziria sem pressa de volta ao Château Mähler-Bresse.

— E onde está o retrato de Dora Maar? — ecoou a voz dele, a um passo de distância dela.

Ficaram postados diante dele por dez minutos pelo menos, calculou ela posteriormente, se não mais. Ele se lembrava de haver visto o quadro em Berlim, dissera-lhe: a pintura de uma jovem de pulôver amarelo e com um chapéu azul-violeta muito bonito na cabeça. Que alegria rever o quadro ali, diante de si, provisoriamente emprestado! Pôs-se então a discursar sobre a impressionante imobilidade da modelo, sentada como uma rainha, uma Perséfone, com as mãos pousadas sobre os recostos de braço do assento, fixando o vazio diante de si, com um dos olhos também enviesado para um lado.

Agora era ela quem escutava, ou seja, ela ouvia consciente de que era ele quem tinha a palavra, mas mantinha-se inteiramente surda à descrição do "rosto alvíssimo" e das "mãos em forma de garras" da moça. Já lhe bastavam as impressões colhidas até então. Estava igualmente farta do marulho da fonte, que abafava tudo, convertida no meio-tempo numa forma nova e mais vigorosa do seu quebra-cabeças a respeito do beijo. Inclinou-se na direção dele.

— Vamos embora? — falou junto ao seu ouvido, quase surpresa quando a mão de van Vlooten se pôs a procurar o seu braço. Muito bem. Pôs-se novamente a analisar o mapa. Não queria que nenhum dos dois fosse obrigado a dar um passo a mais além do necessário naquele labirinto, empreendimento em que se viu bem-sucedida, pois lá se encontravam a saída e as escadas de mármore branco. Por alguns segundos se sentiu tonta diante da luz do dia e do sol repentino, até que, com um gesto do braço, conseguiu deter um táxi, mergulhando atrás de van Vlooten no interior macio do veículo, que já se havia posto em marcha quando ela imaginou ouvir gotas d'água tamborilando no teto do carro.

ESTAVA NA PORTA esperando o meu táxi quando os vi entrar no saguão. Com a mão no cotovelo dela, o rosto sombrio, ele ainda me parecia não ser inteiramente ele mesmo. Hesitei. Deveria ou não me dirigir até eles para despedir-me outra vez? Estavam atravessando o saguão na direção da saída para o jardim. Suzanna Flier voltara a vestir seu vestido amarelo, que, após tê-lo apanhado do chão, devia ter pendurado outra vez, pois cingia-lhe o corpo sem nenhum vinco. Bem se via que ela já se havia esquecido dos perigos de uma queda mortal, concentrando-se na questão: o que fazemos agora? Na verdade até aquele momento ela não se havia aborrecido. Parecia que os dois haviam visitado o jardim zoológico pela manhã, um parque aberto e bem preservado em cujas árvores os predadores trepavam como gatos. Um paraíso com odores de urina, excrementos e almíscar, imaginava eu; um paraíso de rugidos, bufos, zurros, chiados e coaxares que devia ser ilustrativo até para quem mantivesse os olhos fechados. Sabe Deus o que se está passando entre eles, pensei, consultando o relógio. Uma fração de segundo depois, Suzanna Flier seguiu-me o exemplo.

Foi a última vez em que a vi. Ouvi uma buzina atrás de mim. Apanhei a minha mala e pedi para ser levado ao aeroporto.

9

Dez anos após haver viajado a Bordéus na companhia de Marius van Vlooten, voltei a pisar o solo europeu para uma curta estada, e encontrei o crítico diante de um dos balcões de *check-in* no aeroporto de Schiphol. Visto que eu, quase imediatamente após o nosso primeiro encontro, me vira obrigado a mudar-me para Princeton por razões de trabalho, aquela semana estival no castelo não demorou a cair no esquecimento. Até o destino, porém, possui neste continente menores dimensões, e fez com que eu voltasse a encontrar-me na fila nada mais nada menos que atrás de van Vlooten. Puxamos conversa, e percebi que ele se encontrava num humor irritadiço.

A moça atrás do balcão não contribuía em nada para remediar o seu estado de espírito.

— O senhor quer um assento à janela ou no corredor? — perguntou, sem tirar os olhos da tela do computador.

Van Vlooten soltou um risinho curto, e eu me postei ao seu lado, dizendo:

— Este senhor prefere o corredor.

Apresentei no mesmo momento passaporte e bilhete.

— Deixe que eu fique no assento da janela.

Com uma expressão sombria no rosto, van Vlooten seguiu comigo até o controle de passaportes. Percebi que ele conhecia o trajeto como a palma da mão e fiz um comentário a respeito.

— Até que eles comecem mais uma vez as reformas — respondeu ele. — Até que insistam em fazer ampliações, barulho e sujeira neste paisinho de merda, e isso para que um par de idiotas possa viajar para a Espanha a preços ridículos.

E a caminho do portão de embarque G, logo nos deparamos com uma curva, atrás de cujos tapumes se ouvia o ribombar de uns tantos martelos pneumáticos enfurecidos abafando com os seus estampidos infernais o matraquear de uma voz masculina de uma rádio popular, dessas de deixar qualquer um louco. Foi o maior dos milagres que ainda tenhamos conseguido captar o comunicado do aeroporto informando que o voo ZD421 com destino a Salzburgo havia sido protelado.

— Meu Deus Todo-Poderoso! — exclamou van Vlooten quinze minutos depois, os dedos cingindo a base de uma taça de champanhe.

Foi com dificuldade que encontramos um bar, um estabelecimento refulgindo em meio a uma profusão de cromados e espelhos que se encontrava isolado como uma ilha numa passagem apinhada e sufocante. Pairava no ar um cheiro de peixe e ostras; para beber, só havia champanhe.

— Que coisa horrorosa — disse van Vlooten à pessoa que percebera estar sentada no tamborete à sua direita.

O anônimo, um companheiro nosso de naufrágio, soube informar que o piloto da nossa aeronave, um homem de quarenta e oito anos, havia sido proibido de voar. Pois é, por conta de álcool, que ingerira em volume bastante superior aos 0,2 por mil tolerados pelo regulamento.

— Um romeno — disse van Vlooten, virando-se na minha direção. — Um sujeito obrigado agora a dormir as quatro horas estabelecidas por lei.

A sua voz, de repente surda e opaca como de alguém cuja vontade fosse enfraquecida a fogo, fez-me lançar um olhar de esguelha. Mantinha os olhos, sublinhados pelas olheiras negras, fixos no chão, e o seu maxilar se movia como se estivesse mastigando.

Perguntei-lhe como andava após todos aqueles anos.

Informou que ela o tinha deixado havia duas semanas.

Não me ocorreu de imediato a quem estava se referindo e, por isso, perguntei cuidadosamente:

— A sua mulher?

— Suzanna.

E contou-me que havia recebido naquela mesma manhã uma carta do advogado dela, bem cedo, no momento em que acabava de barbear-se e vestir-se.

— A nossa correspondência sempre chega antes das nove.

"Leia para mim em voz alta", pedira ao criado, um mordomo-motorista diante de quem não tinha reservas de nenhuma espécie, pela simples razão de não se poder permiti-lo. Estava naquele momento sentado na cozinha, no seu lugar de sempre à mesa à qual se sentava habitualmente às quinze para as oito em ponto para tomar o desjejum com Suzanna e o filhinho de seis anos. O dia estava esplêndido. Às suas costas estava aberta a porta que dava para o quintal, e pelo cacarejar das galinhas qualquer um concluiria facilmente que se tratava de um dia quente e ensolarado. Marius van Voolten, porém, que não dormia havia três noites, não tinha o ouvido para tal; sustinha diante do rosto uma colher de café em que se desfazia lentamente um par de aspirinas. "Leia!", ordenara, levando a colher à boca para então engolir o conteúdo e continuar mexendo com a colher a grande xícara de café milimetricamente disposta ao alcance das suas mãos.

A mesa estava posta para *uma* única pessoa. À sua frente, duas cadeiras vazias. A sua esposa desejava, por razões emanantes de uma psicologia cruel, o divórcio, exigindo também uma pensão alimentícia não parca, mas tampouco fora de proporções, além da custódia da criança.

Eu escutava espantado, mas o meu espanto tinha como causa sobretudo o fato de que, pelo visto, os dois haviam estado juntos até então. Do fato de ele, van Vlooten, ter-se sentido completamente desnorteado na época eu me lembro, mas Suzanna Flier havia-me deixado com a impressão de ser uma mulher que vivia unicamente para a sua arte, sendo que o lado alegre e leve do seu ser naturalmente não se negaria a viver uma aventura amorosa de tempos em tempos; isso se apreendia logo. Como teria conseguido atraí-la assim para a sua vida? Na mesma hora, disse a mim mesmo, como se as palavras me tivessem sido postas na boca: Ah!, o que poderia fazer o amor arder com mais intensidade do que a consciência de que se possui algo, uma força, uma capacidade única com que inspirar paixão a outra pessoa?

O meu olhar desviou-se para a massa de viajantes que passava ao redor do nosso bar como um rebanho dócil, dividido em dois. De camisetas. Rostos sem expressão. Todo aquele arrastamento de pés favorecia a cena. Ainda assim, não pude deixar de pensar, haveria muitos entre eles que, mediante o estímulo adequado, se converteriam em seres assustadores, desprovidos de toda e qualquer razão.

Enquanto isso, Van Vlooten começara a falar de homicídio e assassinato.

Eu acabava de tomar um gole do meu champanhe emergencial e queria objetar, dizendo: "Do que é que o senhor está falando?", quando ele me assegurou quase que solenemente que ao número das coisas de que um cego com um mínimo de inteligência é capaz se deve acrescentar também o assassinato.

Ele se deu conta do meu ceticismo.

— Ouvi sua fungada de desdém! — exclamou.

— Não é bem assim... — comecei, abaixando-me para apanhar do chão a sua bengala de cego que eu, sem querer, havia derrubado.

Com impaciência, arrancou-me o objeto das mãos e o dispôs novamente contra o balcão do bar.

— Não passe jamais à ação com a ideia de "vejamos no que vai dar" — disse ele peremptoriamente. E acrescentou, traçando com a mão um amplo círculo no ar. — Porque há ações que não se deixam mais deter!

Como se tivéssemos pedido, a garçonete trouxe-nos mais duas taças de champanhe. Bebemos. No tom de voz que se presta a uma conversa ágil e entretida, pedi que me enumerasse coisas de que um cego com um mínimo de inteligência é capaz "na vida cotidiana".

A sua resposta não se fez esperar:

— Esquiar.

— É mesmo?

Sim.

Sempre praticavam esqui em Morgélès, onde se hospedavam no mesmo hotel em que se hospedava antigamente com os pais e a sua irmã Emily. Posteriormente, quando um motorista foi agregado à criadagem doméstica, cada vez que viajavam Suzanna gostava de sentar no banco de trás para aninhar-se junto ao marido, mas nos primeiros anos era ela quem dirigia. Acontecia de ela dirigir desde sua casa em Wassenaar até o sopé dos Voges sem pisar no freio, uma viagem que durava seis horas. E com que destreza e compreensão de seu mundo negro e sem fronteiras Suzanna sabia usar o acelerador. Ia lendo audivelmente as placas indicadoras e dava-lhe conta dos quilômetros que faltavam para que chegassem à próxima localidade, um hábito muito conveniente, pois assim Suzanna lhe permitia traçar mentalmente o mapa da região. Sempre, sem falta, paravam no posto-restaurante de Saint-Dié, e já na segunda vez ela não precisou dizer-lhe: "Dez passos e escada. Mais cinquenta metros, à esquerda." Com tal facilidade ele percorria o trajeto até o restaurante, onde, um passo atrás dela, se dirigia diretamente a uma mesa livre. E então — o que lhe aprazia muito — ela apenas pousava a mão dele sobre o espaldar da cadeira para que ele soubesse onde deveria sentar-se.

Coisas pequenas? De que frequentemente nos lembramos com a mesma nitidez com que nos lembramos das grandes calamidades?

Nada, nada mesmo que dissesse respeito a ela era pequeno. O tinido do seu bracelete: um sinal da providência. E se no restaurante ela se inclinasse rapidamente para ele e dissesse: "O guardanapo está dentro do copo"? O sussurro do demônio. Estar apaixonado pela própria mulher era algo de perturbador que fazia com que o mundo inteiro se convertesse, como num passe de mágica, numa caverna de sonho e inquietude. Sim, e, ao final da manhã seguinte, lá estava ele deslizando cheio de confiança pela encosta íngreme da montanha.

Ah, em absoluto isso não é tão difícil. Antes de mais nada por ele ter tido à sua disposição, desde a juventude, um treinador experiente do vilarejo, que antes lhe dava aulas durante uma hora na área infantil para depois, gritando instruções encorajadoras, acompanhá-lo sobre a pista, na esteira gelada que o aluno sentia fazer levantar à sua passagem, seguindo até as profundezas, até o ponto em que a pista, num momento facilmente calculável, voltava a alçar-se ligeiramente. Ponto final. Além disso, também não era difícil porque ela, Suzanna, o estaria esperando ao pé do declive, bem-disposta e interessada. Ela própria não só jamais havia esquiado como tampouco queria vir a fazê-lo por causa do violino. ("Sei! Quer dizer que ela continuou tocando?" — "E por que diabos não o faria?") De maneira que lá se encontrava ela, pronta para dar-lhe um abraço, vestindo a macia jaqueta forrada, cujas mangas eram elásticas na altura dos pulsos, o que lhe permitia enfiar ali as suas mãos e segurá-la pelos cotovelos.

10

— OUÇA AQUI! Nunca teria imaginado isso? E por que não? Pode me dar *uma* única razão pela qual ela e eu não devêssemos ter ficado juntos? Ah! Eu me pergunto aonde realmente quer chegar.

Já me tinha chamado algumas vezes a atenção o fato de ele, durante a conversa, manter os olhos cravados em mim como se pudesse ver-me. Agora apontava o indicador na minha direção. Aquilo de que eu me lembrava do nosso primeiro encontro, o seu olhar fixo, ele havia perdido. Pensei que não me espantaria se ela alguma vez lhe tivesse dito: "Olhe a minha voz." Os ponteiros do relógio em frente a nós indicavam seis e meia. Continuávamos cercados por um mundo que girava em torno da questão transporte. A maior parte dos viajantes tinha cara de quem estava indo executar algum trabalho forçado. Van Vlooten contou-me que ele e Suzanna Flier tinham ido viver numa casa com dependências nas dunas de Wassenaar, onde se ouvia o vento do mar, embora não fosse possível ouvir o próprio mar.

— Aqui as coisas vão ser como você quiser, Suzanna — dissera ele. — Só lhe peço para não mover os móveis nem um único centímetro.

Pode ser que o tivesse dito em termos dramáticos, mas ela não deixou de achar engraçado. E colaborava entusiasmada e de coração para fazer da casa um engenho geométrico em que tudo ocupava uma posição definida. O que complica as casas é a mobília, e não a sua planta, que costuma apresentar um desenho inequívoco. A planta da casa tinha forma retangular, com uma entrada no térreo, uma cozinha a quinze passos, uma sala de estar em cujo centro se situava uma enorme lareira e, passando por uma porta interna, uma sala adjacente de seis passos de largura e cinco de comprimento, que se prestava excelentemente à função de escritório. No primeiro andar se encontravam os quartos e um par de outros aposentos simpáticos cuja função ainda não havia sido determinada. Acima, o sótão: o estúdio dela, remodelado com claraboias e provido de um pequeno balcão de madeira em que posteriormente aconteceria de encontrá-la num estado de espírito difícil de definir.

A verdadeiro jogo só teve início mesmo quando foram trazidos os móveis. "Aqui, por favor", dizia van Vlooten aos empregados da mudança, indicando com o pé o lugar no assoalho, ao que soltavam o armário, colocando-o ali. E assim por diante, seguindo o mesmo método. Provavelmente porque Suzanna os pusesse muito à vontade, rindo de mansinho para deixar claro que estava de pleno acordo com o marido, os empregados traziam toda a tralha, até mesmo roupeiros, tapetes e aparelhos de som, sempre no encalço de van Vlooten, que lhes ensinava o caminho muito agilmente; às vezes teimava, fazendo com que movessem uma peça alguns centímetros. Na mesma noite, e nos dias subsequentes, entregou-se, na companhia de Suzanna, à interminável tarefa de arrumar armários e gavetas.

— Não seja tão desagradável! — disse ela, ao final daquela semana, exaurida.

A casa toda já estava aquecida e aconchegante, e era como se tudo estivesse pregado no seu devido lugar. Ele acabava de se queixar por ela ter colocado cinzeiro não à direita, mas à esquerda da pilha de correspondência sobre a mesa. "Ela é enervante", pensou ele, fazendo as pontas dos dedos deslizarem sobre a superfície lisa e polida da mesa. Eu sou uma pessoa desagradável. Ainda assim não se envergonhava. E, alguns dias depois, perguntou-lhe:

— Quem empurrou essa cadeira tão para o meio?

— O quê? — exclamou ela para depois emudecer, espantada.

Disse então que viera um fornecedor naquela tarde e referiu-se a uma lista que lhe havia passado. Mas ele não estava escutando. Começou a andar em passos largos de um lado para o outro, da cozinha à sala de estar, inspecionando com as mãos tudo o que encontrava à sua passagem. A visita — tanto quanto ele pôde constatar — não havia perturbado em mais nada a ordem domiciliar.

— Queira perdoar-me, querida — disse logo em seguida, sentando-se novamente ao lado dela. — Ainda tenho que me acostumar a tudo que seja novo. — O tom hipócrita — que ela engoliu sem críticas — perturbou-o um pouco, dando-lhe ao mesmo tempo a tranquilidade de que a cólera em si, que não entendia mas que levava no peito como um pesado fardo, era algo seu com o que ela nada tinha a ver e que ele poderia acalmar caso lhe aprouvesse.

Não demorou para que chegasse o verão. Na casa, em que podia se locomover muito livremente mas que a prendia como a uma borboleta num alfinete, abriram-se portas e janelas.

Não lhe foi difícil nos primeiros tempos manter viva a imagem de Suzanna: olhos felinos, boca pequena e arredondada. E, sobretudo quando ela estava viajando, o que acontecia de tempos em tempos, ele podia imaginá-la nitidamente tocando sobre o pódio: sabia as cores dos vestidos que estaria usando — jamais o negro. Enquanto os seus braços alvos como o marfim se moviam com liberdade, ela se esforçava por manter no rosto uma expressão de gravidade. Sempre que chegava em casa, os seus traços faciais adquiriam algo de nebuloso, o que não tinha maior importância para o cego, excitado como ficava por ela estar novamente ao seu lado. Em tais momentos, o seu interesse se voltava sobretudo para o corpo da mulher. Foi numa dessas ocasiões que certa vez a apanhou pelo pulso, conduzindo-a diretamente para o quarto; ela nem sequer havia tirado o casaco, e ele se sentia um tanto nervoso por notar algo de diferente nela, distinta da imagem de que ele se lembrava por meio do olfato e da voz. Mas, logo que a porta se fechou atrás deles, sossegou, a própria personificação da serenidade. Encontravam-se em plena escuridão. Do lado de fora brilhava o sol outonal — ele sabia que o dia estava ensolarado —, mas ali não se filtrava um raio da luz de fora, porque ela, Suzanna, dissera três semanas antes que, na realidade, só podia dormir bem mesmo e profundamente no breu total, após o que ele mandara vir um decorador. E agora, atrás da cortina de linho, pendia uma cortina sintética impenetrável graças à qual ela cambaleava como ébria no local mais íntimo da casa, chocando-se contra os móveis. Ele se locomovia expedito em torno dela.

— Não quer me dar o casaco? — disse ele, ajudando-a a tirá-lo. — Tire os sapatos.

Tirou então os sapatos de seus pés.

Era como se estivesse mergulhada no breu, como se a a escuridão lhe obnubilasse também a razão, de maneira que teve de aceitar que o marido a despisse, puxasse os cobertores da cama e a envolvesse nos braços, deitando-a. Parecia que os gestos seguiam uma ordem perfeita. Como se tudo estivesse programado. Ela se manteve imóvel, com braços e pernas que revelaram ser incrivelmente leves quando ele a soergueu. Diz o mito que os cegos gostam de apalpar o rosto e, se possível, também o corpo das pessoas que encontram diariamente. Na realidade, a maioria dos cegos sabe tão bem quanto qualquer pessoa dotada de visão que o que se aprende a conhecer pelo tato, e que é inteiramente distinto do que se encontra a alguma distância, deve permanecer numa esfera exclusiva.

Os seus dedos exploraram as formas, as superfícies e os recônditos do corpo dela. Ele sabia estar fazendo algo que havia muito queria fazer. Ele a virou de bruços e pouco depois novamente para cima. Ela nem dizia nem fazia nada. Ele a havia convencido de que o deixasse observá-la, num plano puramente privado, como sob a luz de uma forte lâmpada, sem se deixar inibir pelo olhar dela. Eles já estavam casados havia bastante tempo. Mas que o corpo dela fosse tão belo era algo de que se dava conta pela primeira vez.

11

ELE ESTAVA POSTADO ali de costas para o jardim, e tentava controlar-se. A conversa à mesa atrás dele seguia solta. A sua irmã Emily, com algum apoio do marido, falava com Suzanna sobre o trabalho dessa última.

— Marius?

Ela. Suzanna. Ele voltou-se para a sala de jantar, e os punhos cerrados nos bolsos das calças relaxaram-se, mas não de todo. É claro que eu devo passar o cesto com os pães e provar o vinho. Deve ter sido no seu segundo ano de casamento.

— Bem — dizia Suzanna —, acho que não seríamos nada sem ele. É peça-motriz do quarteto. Na minha opinião ele trabalha vinte e quatro horas por dia e sabe de praticamente tudo. Quer se trate de um manuscrito antigo e quase desfeito, ou de um novo Kurtág, ele sabe.

Ele. Ela falava do violista do Quarteto Schulhoff.

O seu tom de voz se alterou. Voltou-se na direção dele.

— E?

A mão dela pegando o pulso dele. Ele remexeu levemente o Médoc na taça, elevou-a à altura do nariz, sentiu o buquê e tomou um gole.

— Bom.

— Apaixonado — prosseguiu Suzanna, sem se dirigir a alguém em particular. — Águas silenciosas e profundas. Cada vez mais fascinante, depois de todo esse tempo, sim. — Dito isso, dispôs as taças destramente e uma de cada vez, perto da garrafa, para que o anfitrião as enchesse.

Acontecia frequentemente de receberem em casa amigos e familiares. Ele gostava muito dessas noites, sobretudo se houvesse pessoas com quem realmente se pudesse conversar, ou rir, e sentia um prazer enorme ao constatar que ela, Suzanna, estava ao seu lado, vangloriando-se dela como quem se orgulha de um objeto de arte que, como qualquer outro objeto de arte, tinha vontade própria e como que uma identidade distinta, que ele concordaria em mostrar somente a um círculo muito íntimo.

A muito ingênua Emily disse a Suzanna:

— Estou certa de não ter prestado a devida atenção ao seu concerto.

Estava confundindo o violista com o violoncelista atarracado e de cabelos encaracolados.

— Sim, sim, agora comam, finalmente — interveio ele, irritado, ao que a irmã riu cordialmente e seu marido deixou escapar um risinho. O cunhado Jacques, um homem afável, era empreiteiro de obras e projetista, pouco falador, exceto quando a conversa versava sobre complexos de apartamentos em grande escala, as torres malucas, como os chamava Suzanna, que ele fazia erguer ao longo de toda a costa.

— Ah, esse mesmo! — lembrou-se Emily quando Suzanna se pôs a recordar-lhe as características do violista. Alto, moreno, óculos, testa proeminente, um rosto irradiando gravidade, embora...

Justamente quando ele se deu conta de que as palavras dela pareciam tirar seu fôlego foi que ela se interrompeu, já que a voz lhe falhava. Tossindo enquanto corria para a torneira da cozinha, conseguiu ainda dizer: "Sim, com uma covinha na face."

Foi um momento espantosamente revelador. Ele também pousou o garfo e a faca. Por alguns segundos, sentiu-se como dopado, as mãos procurando a borda da mesa. Como sou idiota!, ressoava-lhe na cabeça. Que louco mais crédulo! Lentamente, inalando profundamente, percebeu que nada mais naquela noite lhe importava, agora que a certeza crua que trazia encerrada no peito havia sido atingida com o disparo certeiro de um nome. Deus Todo-Poderoso, Emile Bronckhorst, o festejado colega de sua mulher! As pontas dos dedos deslizaram pela toalha da mesa que lhe pendia até os joelhos. Era dura e engomada e indiscutivelmente alva, alva como a verdade.

— Que aspecto, o seu! — exclamou Emily quando Suzanna, batendo levemente no peito, apareceu e se sentou à mesa.

Teria sido essa noite a que marcara o início da execução de seu ato?

Sobreveio logo depois um período em que estava demasiado ocupado para preocupar-se com coisas de gênero tão pessoal. Uma viagem a Los Angeles, uma viagem a Nova York, cidades que conhecia bem e onde tinha amigos que o ajudavam nas suas pesquisas musicológicas. Sempre que telefonava do Sheraton ou do Royal Shiba, encontrava-a em casa. Levando em conta a diferença de fuso horário, calculava o momento em que ela estaria saindo da ducha pela manhã, e lá estava ela do outro lado da linha. Se lhe telefonasse de noite, despertando-a lá pelas duas da madrugada, primeiro se assustava um pouco, mas sentia-se em seguida lisonjeada por ele apenas desejar ouvir a sua voz. E ele, fazendo um esforço sobre-humano, conseguia esquecer que ela ensaiava com o quarteto algumas vezes por semana, e com ele se apresentava, esquecendo igualmente que um músico vive como uma pessoa *dentro* de uma pessoa, com intimidades das quais um observador sequer suspeitaria.

Quando regressou, perseguiu-a por um tempo com perguntas corteses e belicosas a fim de informar-se do atraso dela para as refeições — tratores na estrada levando camponeses para uma manifestação —, por que ela não usava o colar — havia-o perdido —, por que a porta da sala de estar havia sido deixada entreaberta, de maneira que ele trombara com ela — ela recebera uma visita —, e, com a chegada da primavera, viera novamente à tona, pela enésima vez, a sua reivindicação pessoal sobre os filhos que desejava ter com ela.

Ela dizia não. Dizia que ainda não. Estiveram quase em pé de guerra durante toda aquela primavera, e ela vez após vez lhe dizia que não ou se esquivava do tema reprodutivo, pondo-se a falar da turnê da estação seguinte. Certa vez a questão o fez sentir-se tão infeliz que se aproximou dela — estavam no terraço do andar superior da casa — a fim de dizer-lhe num tom sussurrante e mordaz, ainda que nítido: "Você quer é liberdade, não é certo?" Ele o disse com tanta raiva que sentiu o sangue esvair-se do rosto, afrouxando-lhe todos os músculos da face.

Sim, dissera ela, impiedosa, mantendo-se esguia durante todo o decurso daquele ano. E quando lhe disse no ano seguinte que estava grávida de mais de dois meses, sentiu num instante todo aquele ano volatilizado refluir sobre si outra vez, transformado subitamente numa paisagem que, quando alguém se volta para trás para apreciá-la, lhe parece completamente distinta de quando a esteve atravessando passo a passo. Esfriaram as suas suspeitas quanto ao violista, atenuaram-se os atritos em relação a ele, simplificaram-se os loucos momentos de reconciliação à noite, em que as confissões amorosas beiravam a violência. "Era isso que você estava querendo...", murmurou ela, já semiadormecida.

Na noite em que tiveram início as primeiras tempestades de neve do ano, veio ao mundo o bebê, rapidamente e sem complicações de parto. Ele o presenciara. Pudera acompanhar a enervante viagem do filho por meio de um estetoscópio. Quando lhe puseram nos braços aquele embrulho surpreendentemente leve, nem a parturiente, nem a parteira e nem a enfermeira acharam estranhos os seus repetidos desejos de que lhe descrevessem o recém-nascido com toda a riqueza de detalhes. As visitas nos dias subsequentes confirmavam alacremente os dados: o bebê tinha os olhos azuis do pai e aquela penugem rala e escura que em certo momento se tornaria loura.

12

Felicidade familiar. Graças às suas lembranças, eu via diante de mim o quadro nítido. Existirá algum homem sobre a terra que não se emocione profundamente ao deparar-se pela primeira vez com sua mulher e seu filhinho na antiquíssima pose mãe-recém-nascido? Estava frio aquele inverno, contou-me van Vlooten. Havia geado no jardim, as noites eram longas. "Senti uma paz como nunca havia sentido antes na minha vida."

Continuávamos sentados lado a lado no bar. Endireitei a coluna, vendo o que ele via, mas não consegui desvencilhar-me da imagem irreal que o mundo agora também me oferecia. O aeroporto estava excepcionalmente apinhado. Haveria outros pilotos embriagados? Enquanto olhava o irrefreável fluxo de passageiros que as esteiras rolantes conduziam até ali, estava disposto a perdoar qualquer diabo de protesto de pilotos.

— Engano seu — disse van Vlooten, referindo-se a um comentário lírico meu sobre o casamento, retomando a palavra para contar-me como havia feito o impossível para destruir, por iniciativa própria, a sua felicidade familiar e dar-lhe um fim irrevogável.

A sua vida doméstica, aliás, havia funcionado às mil maravilhas. Tinham contratado uma babá, que vinha também nas noites em que Suzanna tinha de tocar. O motorista fora no início um ligeiro mal-entendido. Na realidade o homem baixote e tímido havia sido contratado por ele para cercear Suzanna, trazendo-a de carro sem demora à casa ao cabo de cada apresentação.

— Que gentil da sua parte! — dissera ela, aproximando-se por detrás dele e envolvendo-o com os braços. Vestia um suéter macio de lã. — Quanta atenção! Quase não consigo resistir à tentação!

Mas isso não foi necessário, de maneira que o motorista se instalou no anexo da casa com a sua mulher antilhana. Era ela que cuidava da horta, ocupando duas vezes por semana o seu lugar na cozinha para preparar pratos de frango ao forno, legumes, carne e arroz e bacalhau à antilhana, que logo se converteram em favoritos.

— Não quer fazer-me um favor? — van Vlooten interrompeu o próprio fluxo de palavras.

— Em que posso ajudá-lo?

— Não pode arranjar uma garrafa de água mineral?

— Boa ideia. Está fazendo um calor dos infernos aqui.

— Nem tanto.

Ele não havia tirado a sua capa azul. Bebemos, calados. Mas o assunto em pauta não tardou a ressurgir por si mesmo.

— O caso é que eu comecei a me esquecer da imagem e da aparência dela

— O quê?

— Isso em si não representa muita coisa — disse ele sem atentar para mim. — Cegos que anteriormente tinham a visão acabam se esquecendo do aspecto das pessoas com quem viveram desde então. As imagens de pessoas que não encontramos mais, por outro lado, costumam permanecer nítidas em nossa cabeça. Conhecidos de outros tempos ficam arquivados em nossa memória nítidos como fotos.

— Entendo. Não se desenvolvem mais, e, por isso...

— É, é, é isso — disse, interrompendo-me. — Assim, justamente a imagem de Suzanna, que se sentava todo dia comigo à mesa, dirigia ao meu lado e dormia comigo, desapareceu, e antes de desaparecer já estava indistinta.

Sentindo-me repentinamente derrotado, apanhei a minha taça. Veio-me à mente o triste pensamento de que tudo o que fazemos e empreendemos na vida ao final se torna apenas cacos e fumaça. Recordei a van Vlooten a conversa que tínhamos tido havia dez anos no voo com destino a Bordéus, durante a qual fora ele quem aventara a suposição de Deus amar a música, mas certamente não a imagem, a imagem que nega enfaticamente o tempo cronológico, após tê-lo devorado gulosamente.

Ele me escutava com uma expressão gelada. Certamente não se lembrava mais.

— E agora — prossegui, abespinhado —, a repetição exata. Veja só! O tempo que se escoa está em vias de destruir a imagem!

Van Vlooten não respondeu. Passados alguns momentos, voltou-se em minha direção.

— Quer ouvir uma coisa maluca? Às vezes, quando eu tentava me lembrar da imagem dela de noite, quando ela já tinha saído outra vez, a imagem que me vinha à cabeça não era a dela, mas a de um quadro que certa vez, há muito tempo, vi em Berlim.

E descreveu-me o retrato de uma jovem de rosto alvo, com um chapéu azul-violeta, sentada frontalmente, com as mãos como garras cingindo os braços da poltrona, na pose altiva de uma deusa do Hades, uma Perséfone.

— Acredito — disse eu, indiferente.

Ele desejava que ela não se apresentasse mais. Queria ter mais uns dois filhos com ela. Solicitou que ela se portasse como uma pessoa responsável, pondo um fim à sua relação com o violista, não contendo os primeiros sintomas de uma loucura patológica da qual ele já se dera conta nessa altura. Num dia em que ventava forte, ela conseguira trancar-se no quarto de guardados ao lado da garagem. Precisava tocar nessa noite. Ainda não havia descoberto o que ela estivera procurando lá, mas isso tampouco vinha ao caso. O que se deu foi que o vento fechou tão violentamente a porta da despensa que a maçaneta enferrujada saltou do encaixe, e do lado de fora.

No momento em que a sua voz, vencendo o vento, chegou aos seus ouvidos, ele estava sentado no seu estúdio diante da máquina de escrever, e logo soube de duas coisas. Ela se encontrava na despensa, um quartinho de dois por dois com uma claraboia no teto, e devia estar fazendo algo de desagradável que no entanto não se poderia caracterizar de perigoso. Van Vlooten procurou os sapatos às apalpadelas e dirigiu-se à parte de trás da casa, lembrando-se involuntariamente de que o seu filhinho havia saído com a babá. Ficou parado na soleira da porta da cozinha, a dozes passos da despensa, exposto ao vento uivante que levava o apelo numa direção inteiramente oposta à casa. Ocorreu-lhe um daqueles pensamentos que nos atravessam a mente como um rastilho de pólvora. Ela devia se apresentar naquela noite.

Excelente! Única e exclusivamente a fim de desfrutar das figuras livres e ziguezagueantes que se formavam na sua cabeça, preferiu não tomar nenhuma iniciativa. Parecia-lhe francamente divertido imaginar o violista naquela noite aparecendo sobre o pódio para desculpar-se e mandar o público de volta para casa. Para ficar ao abrigo dos gritos, esquivando-se ao seu apelo, entrou lentamente em casa, subiu as escadas: a casa estava vazia e cheirava a frésias. Aquele vazio lhe pareceu muito diferente do vazio que deixava a ausência habitual da mulher. O banheiro encontrava-se no centro da casa: nenhum ruído procedente de fora se infiltrava ali. Abriu as torneiras da banheira, separou meias limpas, roupa de baixo e uma camisa igualmente limpa e despiu-se. Após ouvir, despreocupado, o relógio dar cinco e meia e depois seis horas, permaneceu onde estava, cortando as unhas dos pés, até ela irromper no aposento.

— Você não acredita no que me aconteceu!

Sim?

Ela lhe disse que, após ter estado uma pilha de nervos e desassossegadíssima por causa do concerto daquela noite, finalmente havia sido libertada pela mulher do motorista.

Naquela noite, em casa, por volta das oito e meia, as suas mãos puseram-se a tremer sem nenhuma razão aparente. Só pode ter sido no mesmo momento em que Suzanna estava executando Mozart, K.428; possível também que estivesse em vias de iniciar com o quarteto o *andante con moto*. Logo em seguida, ele começou a amaldiçoar, leve e eloquentemente, as quatro paredes que, como bastidores silenciosos, o confinavam ao isolamento da sua vida, ao passo que ela, algures, admirada por todos, levava a sua existência, desdobrada cem, duzentas, quinhentas vezes. Curiosos, olhos curiosos espiando pelo buraco da fechadura! Sim, e o que se podia fazer? Foi logo depois que teve início um período em que, cada vez que tinha de se ausentar brevemente por questões de trabalho, encontrava os móveis da casa trocados de lugar.

— Diga-me, *você* aceitaria isso? — perguntou-me.

Contei-lhe o caso de que havia ouvido falar em meu domícilio de Princeton acerca de um homem que havia pedido divórcio e que o conseguira pelo fato de a sua mulher deslocar constantemente tudo o que havia dentro da casa e também do *trailer* — com um dinamismo obsessivo.

— E veja bem! — disse ele. — E isso ainda se deu com alguém dotado de visão!

Ela negava, como não podia deixar de ser. A altiva donzela dizia em alto e bom som que a enorme escrivaninha William and Mary sempre havia estado no mesmo lugar, o que valia também para o sofá... "E se você não parar já com isso...!" Desvencilhou o braço do aperto do marido. Já fazia dias que estavam tendo altercações por ela simplesmente recusar-se a admitir algo de que ele tinha certeza absoluta já havia anos. Nessa ocasião, aliás, nenhum dos dois chegou a referir-se ao violista pelo nome. O nome Emile Bronckhorst servia única e exclusivamente para referir-se ao companheiro de quarteto na sua condição de músico, com quem van Vlooten, ao cabo de todas as *premières*, trocava no camarim um aperto de mãos, exatamente como fazia com os demais.

— O que achou, Marius? — perguntou-lhe o violista após um concerto com obras de Schubert e Schönberg. Os homens puseram-se a falar de como a combinação de obras dos dois compositores funcionava espantosamente bem num mesmo programa.

— Ambos elementos provocadores — observou van Vlooten.

— De fato — concordou o outro. — Ambos arrojados o suficiente para prescindir de respaldo histórico, se necessário.

As duas vozes entrecruzavam-se na mesma altura, pois o violista também tinha uma estatura gigantesca.

— Vamos? — propôs-lhe Suzanna logo depois, ao que ele a seguiu até a porta de uma saída lateral, atrás da qual se estendia o terreno do estacionamento noturno. Visto que ele ainda não se havia acostumado ao carro novo, ela pousou a mão do marido sobre a porta aberta a fim de que ele encontrasse o assento, entrando ela também. Afastaram-se da cidade e rumaram para a costa.

— Por acaso estava pensando — indagou-me van Vlooten após uma pausa —, ou parte do pressuposto de que um cego, diferentemente do que acontece com os outros mortais, não procure uma válvula de escape para relaxar as suas tensões? Úlceras, eczemas, alcoolismo, estados de ânimo enervantes...?

Levou as mãos às têmporas como quem diz: "Por que diabos, no meu caso, *isso*?"

— O meu ciúme — disse lentamente, e foi a primeira vez que o ouvi fazer uso da palavra —, o meu ciúme desenraizou o nosso amor, que se ancorava em mil e uma coisas, e o transformou num enxame de vespas zunindo de um lado para o outro.

Entraram no vilarejo e, após a rotatória, apanharam a estrada da praia. Suzanna estava calada, concentrava-se, o que era altamente recomendável numa via tão cheia de declives traiçoeiros. Foi quando ele decidiu abrir a boca para berrar que já não aguentava mais aquilo, que eles — ela e o amante — já haviam ido longe demais. Furioso, exigiu saber dela se o cavalheiro, lá na cama dos hotéis em que se hospedavam, fazia jus à variante extremamente especial e sonolenta do *combat amoureux* que eles tanto apreciavam, sobretudo pelas manhãs!

Ignorando a grosseria do marido, embicou o automóvel na rampa para pará-lo diante da garagem, cujas portas se abriram e iluminaram automaticamente.

— Não precisa fazer essa cara — disse ela, ao que ele apeou do carro sem esperá-la.

Ao entrar na cozinha, deu de cabeça contra a lâmpada pendurada no teto. Abriu a geladeira, mas não encontrou o gim no lugar em que deveria estar. Subindo as escadas, tropeçou num par de sapatos. A fim de certificar-se de que o filho estava realmente em casa, foi dar-lhe um beijo de boa-noite. Após errar longamente pela casa, passou pelo quarto da babá, para trombar então com a caminha do filho, que se encontrava ao lado do armário apoiado contra a parede. Chegando ao dormitório, despiu-se rapidamente, e já estava na cama quando ouviu o clique do abajur dela sendo acendido. Ela estava vindo para a cama. Foi só quando ouviu novamente o clique do abajur ao ser apagado que se virou para o lado, como era o costume, com o rosto voltado na direção dela.

Passamos pela esteira rolante. Haviam chamado os passageiros do nosso voo, e estávamos rumando para um dos confins do aeroporto para o portão G86. Van Vlooten permaneceu parado atrás de mim, enquanto um séquito de servidores de Cristo vestindo sandálias nos ultrapassava com passos encarniçados. Virei o pescoço e voltei a levar um susto com a expressão no seu rosto. Parece até que teve um ataque, pensei, observando de perto o canto retorcido de sua boca, que estava úmida. Era a isso que ela se havia referido ao dizer "não precisa fazer essa cara"? Como deve ser desagradável não estar em condições de ver a expressão do próprio rosto!

— Isto aqui continua apinhado de gente — relatei-lhe.

Van Vlooten não respondeu, deixando transparecer que não queria desviar a atenção dos pensamentos com os quais se via às voltas. Bem, eu também voltei ao assunto, para quando ele tentava ocultar-lhe o rosto, muito compreensivelmente. Veio-me, então, à mente a situação cômico-erótica no mito de Eros e Psiquê, o casal que só mantinha relações sexuais no escuro, já que não havia sido dado a ela, pobre moça, conhecer a identidade do marido·

— Fim da esteira rolante — avisei.

Ele grunhiu, estendeu os braços e deu um passo mais largo. Chegando à próxima esteira e olhando para trás por desencargo de consciência, não pude evitar que o curso dos meus pensamentos rumasse à paragens literárias menos róseas.

"A alma é uma realidade terrível. Pode ser envenenada ou aperfeiçoada."

Com a mão sobre o corrimão pegajoso da esteira, refleti sobre o personagem Dorian Gray, o réprobo que tinha de manter o seu retrato a óleo escondido no sótão por detrás de um pano, sem poder mostrar a magistral pintura a ninguém por causa dos traços demasiado humanos que se haviam infiltrado nela. Enquanto ele próprio permanecia belo como a primavera e jovem como um potro, o retrato absorvia o que o estilo de vida do retratado tinha de mais repulsivo, exibindo em seu rosto, sem dó nem piedade, os traços resultantes do seu comportamento. Pois é, entretido como eu estava com ideias desse gênero, veio-me logo à mente a imagem da sala de aula com o tapete vermelho em Bordéus, muitos anos antes, num final da manhã, enquanto o amável Eugene Lehner se mantinha curvado sobre uma partitura para fazer, após uma longa pausa, um comentário qualquer. Para onde estaria voltado seu rosto durante essa pausa?

Não vou perguntar-lhe nada, pensei. Não posso perguntar à figura abatida e recurvada atrás de mim se havia voltado a ouvir a mulher tocar aquela peça, aquela obra-prima do tão sensível cético, o caprichoso modernista que era Janáček e que, a exemplo dos seus companheiros de ofício, ocultava na sua composição muitas coisas que não só procuram alcançar o ouvido musical, mas também aquele que trabalhe direta e conjuntamente com os olhos, aquele dos relatos. Assim, na primeira parte, do compasso 1 ao 45, quem assim desejar pode perceber de maneira concretamente visual uma bela mulher casada. Na segunda parte, do compasso 1 ao 47, no *con moto* repleto de trêmulos de mau agouro, observamo-la travar conhecimento com um refinado cavalheiro, ele também excelente violista. Flerte: 48-67; comentários ambíguos: 68-75; damo-nos conta de que esse encontro não deixará de ter consequências nefastas: 185-224. Segue então o terceiro movimento, calamitoso do início ao fim, e percebemos que o poder da música pode por vezes não ser inofensivo, principalmente quando se interpreta Beethoven, 8-10.

E uma peça de algum outro mestre? Quando deixamos para trás a esteira rolante e van Vlooten pousou uma mão sobre o meu ombro, eu seguia interiormente o terceiro movimento, particularmente as velocíssimas trigésimas segundas notas da *scasovka*, um motivo recorrente em Janáček. Muito bem, mas aqui, do compasso 1 ao 34, o encantador arranjo serve para que imaginemos o demônio mau, o miserável que, com grandiosidade, consegue enlouquecer o marido. O senhor da casa, um personagem herdado cuja índole revelou ser das piores, é acometido de ciúmes.

Naturalmente, pensei, arrastando o cego a meio passo atrás de mim, na época ele realmente deve ter ouvido várias vezes a peça, que costumava ter êxito junto ao público. Mas lá, em Bordéus, a obra de arte deve tê-lo arrebatado pelos ombros, fazendo com que ele volteasse vez após vez, até que já não mais soubesse onde se encontrava. Ser o que se imagina ser e, não obstante, ir parar junto à soleira de uma porta estranha...

Loucura crescente, o terceiro movimento segue com uma velocidade vertiginosa. Desentendimento: 35. Queixume: 39-59. O andante é mais como uma pausa para tomar fôlego, mas o que está escrito permanece escrito, e, com um coração apreensivo, 60-67, a mulher reconhece que quer transformar em realidade certa fantasia sua, 73-88. No quarto movimento alguma coisa acaba terrivelmente mal.

Isso tudo ao pé da letra, claro. Mas as obras de arte deslocam-se umas na direção das outras para voltarem a apartar-se. Brno, outono de 1923. Janáček está sentado a uma mesa com uma perna bamba, que ele fixa melhor com a ajuda de um pedaço de papel dobrado. Está trabalhando numa obra inspirada na novela homônima de Tolstói, *A sonata Kreutzer*, que o provoca e o perturba, mas que indiscutivelmente também o encanta. Há vinte anos que vive com esses personagens acometidos de amor e ciúmes, devendo ter pensado neles também na sua condição de compositor. Agora, em apenas oito dias, passa para o papel o que tem a dizer. Tudo se encaixa perfeitamente. O compositor, já com quase setenta anos, dá nova forma à espiral de paixão e fatalidade que vai da sonata à novela e da novela ao quarteto de cordas.

Após ter escrito os quatro compassos do *maestoso*, não se detém um segundo sequer, mas dá seguimento à obra sem olhar para trás, trabalhando quase sem pensar até a hora do jantar. Após alguns dias descansa por fim o lápis, folheia mais uma vez lentamente a partitura, esfrega o rosto e deixa-se estar ali, sentado, por um bom momento. Ser quem se deseja ser, num esforço extremo de concentração. Do outro, porém, que se é, nunca se desvencilha completamente. Teria sido esse espaço entre um e outro, o terreno de que a obra de arte é oriunda, para onde Eugene Lehner estaria olhando então, em Bordéus?

Pelos alto-falantes uma voz feminina anunciava novamente o nosso voo para Salzburgo. Anúncios do gênero sempre fazem com que queiramos nos apressar, mas não podíamos avançar em meio àquele mundo de gente. De uma maneira bastante inesperada, demos com uma placa indicando com uma seta voltada para baixo: G86. Descemos um lance de escadas e entramos numa sala em que reinava uma calma surpreendente, onde apenas passageiros com destino a Salzburgo e Bucareste aguardavam o ônibus que os levaria até o avião. Sentamo-nos também. Suspirei profundamente, com a sensação de que a mão de van Vlooten permanecia sobre o meu ombro, tão pesadamente ele se havia apoiado em mim nessa última parte do trajeto.

— Tem certeza de que deseja continuar a conversar sobre esse assunto maldito? — perguntou.

O seu tom de voz era calmo, mas a expressão no seu rosto dizia: vejamos se o senhor tem coragem de me deter agora!

— Sou todo ouvidos — disse eu.

13

ACONTECEU NO TREM. Suzanna estava sentada defronte a ele; informou-lhe que estavam atravessando campos verdes cujas margens estavam recobertas de papoulas e centáureas. Haviam estado hospedados na casa de amigos em Bruxelas, com quem ainda tinham almoçado tranquilamente no restaurante da estação de trens, e agora estavam a caminho de casa. Sob a influência enganosa da cadência do trem, a conversa enveredou para o tema "problemas conjugais", especificamente os de Emily com o projetista, e agora falavam em voz baixa sobre a escapada da sua irmã.

— Ah — exclamou Suzanna num certo momento —, o que acontece é que você se irrita demais com ela. — E então, reprimindo um bocejo: — Em todos os casamentos acaba qualquer hora acontecendo, não?

Ele ouviu a si mesmo concordar, mas como em transe. Endiretou-se melhor no assento, riu quando ela lhe perguntou algo num tom jocoso e, ainda como em transe, reconheceu: "Mas claro que sim", ao que Suzanna lhe fez outra pergunta, obtendo como resposta um comentário sobre uma trivialidade qualquer, mais ou menos um ano antes, acerca de uma participante inglesa no simpósio *Spiegel der Musikkritik*, em Munique. É preciso dizer que ele e Suzanna se encontravam justamente num período em que faziam amor não só com frequência, como também de todo o coração, o que os unia fortemente.

— Marius! — exclamou Suzanna num tom fingido de espanto, e ele riu, deixando para si mesmo em aberto a questão sobre se a sua consciência genuinamente pesada tinha como alvo ela, a Suzanna de mente aberta, ou a outra Suzanna, a jovem culta, cujo corpo cheio e curvilíneo ele lembrou, com prazer, num instante.

O vagão começou a balançar um pouco.

— Flandres é linda — disse Suzanna.

Em meio à conversa perigosa que levavam, ela também confessou um delito do passado.

Ele fingiu não escutar.

Como se estivesse feliz por poder finalmente desabafar, finalmente jogar limpo, por ser a atitude adequada a tomar num casamento, sobretudo ao lado de um homem que não enxerga, fez-lhe um relato completo de certa turnê que fizera em Israel. Ele cerrou os olhos. Deixou a cabeça cair um pouco de lado. Um admirador, um jovem amável com um chalé de madeira à beira-mar perto de Eilat. Ela riu de mansinho. Van

Vlooten decidiu desviar a atenção para qualquer assunto que lhe viesse à cabeça — o projetista se prestava bem à ocasião —, pondo-se a respirar profunda e lentamente como quem está entre o sono e a vigília. E enquanto evocava, roncando levemente, a mais moderna e ainda incompleta "composição em concreto e arenito" do cunhado, de oito andares, distribuição inteligente, e refletia sobre sobre a sua maior atração — vista para o Mar do Norte —, a voz de Suzanna ia esmorecendo. Nada demais: o marido estaria tirando uma soneca. Ele ouviu-a descalçar os sapatos, procurando um lugar mais cômodo para as pernas.

Isso tudo se desenrolava por volta de duas semanas antes da tentativa de homicídio, enquanto ela ainda dormia tranquilamente num compartimento ferroviário onde não havia mais ninguém além deles. O que não sabia era que estava sentada defronte a um maníaco, um homem que padecia do gênero de desassossego que sempre acaba encontrando uma válvula de escape. Quando o fiscal abriu a porta do compartimento, foi ele quem lhe entregou as passagens. Foi só quando o trem entrou na estação Hollands Spoor, de Haia, que ele tocou o joelho da mulher. "Ei, já chegamos." Quando entraram num táxi, ele refletiu com ponderação e um sentido de absoluta equidade: eu gostaria de separar-me dela, informando ao motorista o endereço de casa.

Um desejo vago, pouco mais que uma fantasia. Por que caminhos passa em nós uma ideia antes de concretizar-se? Às quinze para as sete da manhã seguinte, tocou o despertador. Ele havia dormido muito bem. Debaixo do chuveiro, enquanto ela permanecia mais um pouco na cama, o seu estado de consciência praticamente não se mostrava diferente do habitual, ali como estava, sob o jato de água quente durante os primeiros cinco minutos e fria por alguns segundos ao final. Ao rever seus planos para aquele dia, deu por elaborar um plano em especial, uma ideia que da noite para o dia poderia ter surgido do âmbito da loucura, mas adquirira agora, a seus olhos, contornos mais nítidos, concisa, peremptória como a conclusão de uma reflexão cuidadosa.

Com premeditação, o que se tem na conta do mais terrível de todos os atos terríveis.

— É assim ou não é?

Van Vlooten perguntou em tom baixo, indicando com um movimento do queixo a fila de viajantes esgotados diante de nós como quem diz: ouse contradizer-me!

Desviei dele o olhar para a sala de espera em que o único elemento a romper o silêncio era um eslovaco que esvaziava o cachimbo, batendo-o contra a moldura da janela.

— Ah! — disse eu então. — Que diferença faz? O delito preparado cuidadosamente ou aquele surgido num impulso de cegueira momentâneo? Na minha opinião, ambos têm a mesma origem.

Não obtive resposta à minha observacão. Nem mesmo quando refutei:

— Afinal a loucura a longo prazo é, seja como for, mais insidiosa, mais tentadora, digamos mais prudente, ou não?

Ele se sentara à mesa do desjejum. A luz que entrava pela janela incidia-lhe sobre as mãos. O filhinho havia descido as escadas, seguido por Suzanna, que ia pôr fatias de pão na torradeira, deitar os ovos da frigideira e servir chá. Enquanto, como de costume, falava com o filhinho de seis anos, ia-se acumulando na mente de van Vlooten um número de coisas corriqueiras e cotidianas, arrematado por um par de questões de extrema relevância: quando, e como?

Na rampa diante da casa já os aguardavam os dois carros, o de Suzanna à frente, que o motorista havia deixado a postos. O quarteto continuava ensaiando em Voorburg, na casa do violista, o domicílio de alcance mais fácil para os quatro integrantes.

— Você ACREDITA que isso ainda importava? Não, já não valia mais a pena desperdiçar nenhum gênero de pensamentos ou palavras acerca do assunto. Ela já estava me traindo havia anos, com a maior tranquilidade do mundo, em circunstâncias das mais favoráveis, com o nosso caro conhecido integrante do Quarteto Schulhoff, aquela entidade musical a que se dedicava de corpo e alma. Claro, reconheço que o meu ponto de vista não tinha o respaldo de nenhuma suposição manifesta e demonstrável da minha parte em relação ao seu comportamento: era mais como um estado febril diabólico, mas que nem por isso deixava de ser verdadeiro. E as cenas em que figurava a minha mulher realmente não se davam só dentro da minha cabeça, mas fora dela também, entre o mobiliário deslocado da nossa casa e entre os nossos amigos e conhecidos de posturas tão liberais!

Logo depois, numa noite em que o cunhado voltava a discorrer sobre as suas " torres residenciais" à beira-mar, van Vlooten se sentira tão interessado que perguntara se poderia qualquer hora visitar o local.

— Não ria, porque existe uma porção de cegos que, com o passar dos anos, desenvolvem um sentido extremamente apurado para paredes e muros, corredores e tetos que, pela acústica reverberante, podem enxergar com os ouvidos. Eles apreciam essas construções não menos que os próprios arquitetos.

E foi assim que, na manhã seguinte, uma terça-feira fria, pediu ao motorista que o levasse até lá.

— Vinte minutos — havia dito. — Estarei de volta em vinte minutos!

Postara-se ali, atento para o pandemônio das obras. Ouvia-se um rádio em algum lugar. Ecoaram então passos sobre o estrado, e uma voz ribombante veio ao seu encontro. O cunhado cumprimentara e agora o tomava pela mão que ele estendera.

— Vamos por aqui. Aí estão os elevadores.

— Não — retrucou ele. — Prefiro as escadas.

O outro pareceu entender que um deficiente como ele preferisse sentir fisicamente a altura do edifício com os seus oito andares de concreto.

A escalada durou por volta de seis, sete minutos. Chegando ao telhado plano do último piso, parou para tomar fôlego. Aturdido pela falta de oxigenação, ouviu o fragor do mar ali embaixo subir até ele para mesclar-se aos seus pensamentos.

— A única e mais bela vista que ainda temos da natureza selvagem na Holanda — exclamou o cunhado atrás dele, resfolegando também. — Água, nuvens e um belo barco na linha do horizonte!

— É mesmo? — respondeu ele, pensando: Guarde essa conversa de vendedor para você. Posso muito bem imaginar por que Suzanna gostaria de viver numa cobertura assim, ampla e bem-iluminada.

Gaivotas crocitando. O vento batendo-lhe contra o rosto, açoite invisível cujo teor salubre uma pessoa dotada de visão dificilmente poderia apreciar, e esses comichões que trazem à tona em nós as ideias mais disparatadas, como agora, por exemplo, em meio a tudo isso, a voz de Suzanna que lhe informava sugestivamente as peças de roupa que ia despindo, saia, meia-calça, e em seguida que peças ainda tinha vestidas — de seda verde-clara e cara, pois era uma mulher com grande necessidade de sentir-se bela aos olhos alheios.

— Preciso ainda contar-lhe que ideia tinha se apoderado de mim, mantendo-me subjugado no resto daquele dia e no dia que se seguiu?

— Já imagino de que se trata — disse eu, esquivando-me.

— Pois é, o que não me saía da cabeça eram as dimensões e a localização do terraço da cobertura, que eu havia explorado minuciosamente com a ponta da bengala, sem preocupar-me em saber se o meu cunhado temia ou não uma queda. Ainda não haviam colocado a balaustrada importada de mármore Carrara.

Suzanna estava livre naqueles dias, o que lhe permitiu contar demoradamente sobre o apartamento à beira-mar, animando-a com a ideia de uma mudança nas suas vidas e deixando-a suficientemente curiosa para ir visitar o local com ele. O cunhado lhe dera a planta do apartamento.

— Uma folha de papel enorme, dobrada várias vezes — disse van Vlooten, admitindo que sentira uma satisfação especial em desdobrar a folha sobre a escrivaninha e pedir que Suzanna a descrevesse.

Ela se havia inclinado sobre o ombro do marido.

— Uma sala de estar de seis metros por oito — dissera ela, pensativa.

Mantinha a mão esquerda pousada sobre o recosto da cadeira, enquanto a direita seguia pelas linhas negras e angulares. Com o peito levemente encostado nele, dissera:

— Um terraço com portas corrediças que se abrem de par em par.

O que lhe passava então pela cabeça?

— Não tente entender — disse van Vlooten.

Havia-me contado que, quando estava em casa, nos dias seguintes, passava o tempo preparando-se calma e minuciosamente para o que ele via como uma tarefa, difícil, mas não impossível: uma tarefa cheia de sutilezas, que um homem devia ser capaz de cumprir no curso da sua vida. Como Suzanna estivesse passando tanto tempo em casa, acontecia de ela o perturbar. A verdade é que não queria mais trocar uma palavra sequer com ela naqueles últimos tempos, de maneira que certa vez ela se enfureceu: postou-se no corredor e gritou-lhe, exigindo que ele abrisse a boca, ao que ele se levantou da mesa, caminhou até ela, parou brevemente para acender um cigarro e fechou-lhe a porta do estúdio na cara, concentrando-se sem delongas no ato que ele de momento ainda via como absolutamente irreal, mas que o interessava e lhe acalmava o ânimo.

— E foi assim que a coisa se deu, meu caro — disse van Vlooten. — Estando em casa, o empreendimento me parecia mais um exercício, uma partitura sem as indicações dos instrumentos, cuja execução de fato não estava planejada.

Os cantos de seus lábios repuxaram-se: por outro lado, a partir do momento em que voltava a se encontrar a uma altura de oito andares, a partir do momento em que se punha a galgar os malditos degraus — o que acontecera duas vezes na semana anterior —, sentia então um ódio tão grande no coração que decidiu levar a cabo a tarefa que se propusera cumprir.

Aquela noite de quinta-feira encontrou Suzanna na varanda envidraçada, telefonando. Tratava-se de mais uma daquelas infindáveis conversas dela com algum integrante do quarteto, mas isso pouco lhe importava. Quando a mulher pôs o telefone no gancho, ele disse: "Escute uma coisa." Ela se levantou, atravessou a sala e foi sentar-se ao lado dele no sofá. Tomado de uma excitação absolutamente impessoal a respeito de um ato, cujos planos já estavam tão avançados que era como se já tivesse começado, perguntou-lhe se tinha vontade de ir ver o apartamento na manhã do dia seguinte.

A fim de certificar-se de que tudo andaria bem, havia estado naquela mesma tarde no local. O sol brilhava, e soprava uma leve brisa. Tinha pedido que o motorista o levasse até lá, após o que galgou sozinho os degraus das escadas; a presença do cunhado tornara-se supérflua. Tensa mas circunspectamente, subiu a passos largos, mas com uma expressão de indiferença no rosto por conta dos operários, de cuja presença já se dera conta e que no meio-tempo já sabiam quem ele era. Quando chegou ao alto, sentindo na garganta um sabor de concreto, o coração lhe batia acelerado no peito, mas estava com todos os sentidos aguçados, tão aguçados que pensou: "Suzanna, meu Deus Todo-Poderoso." Veio-lhe à mente o seu rosto, mais nítido do que jamais poderia ter imaginado, o seu retrato já quase borrado, e contemplou em pensamento sua figura vestida de amarelo luminoso, tal como se havia voltado na sua direção, frontalmente, num certo dia de verão, entre o burburinho de um grupo de convivas bebendo. Abandonar a realidade. Um momento assim dura muito pouco; o que se segue em geral é um vazio miserável. À procura do elevador, arrastando os pés, primeiro virou na direção errada; encontrou então os botões de chamada e desceu pelo esqueleto ainda descarnado dos apartamentos em construção, ouvindo na sua passagem a azáfama dos operários, uma barulheira dos infernos, o estrépito de furadeiras e, em algum lugar, um grito oco, levado pelo vento, que talvez fosse um adeus.

Ela se mantinha calada como era o seu costume, com um muxoxo em sinal de protesto.

— Ir visitar o apartamento, você quer dizer? — perguntou então.

— Sim — anuiu ele.

Percebeu a hesitação no tom de voz da mulher. O ambiente em casa não havia sido dos melhores nos últimos tempos.

— Como quiser.

14

APARECEU UM ÔNIBUS por detrás das portas envidraçadas. Enquanto isso, dois funcionários da empresa aérea rumavam a passos lentos na direção do balcão. Tudo se punha em movimento. Van Vlooten espreguiçou-se com gosto. Cambaleante, entreguei-lhe a bengala. Ainda estava fazendo bastante calor, percebi quando chegamos do lado de fora. O asfalto ardia, o ônibus expelia lufadas de ar vibrantes. Quando van Vlooten entrou no ônibus aos tropeços, alguém logo se prontificou a ceder-lhe o asssento. O veículo partiu, fazendo uma curva fechada. Apoiando-me de pé como estava no corredor, não consegui evitar de esbarrar no meu companheiro de viagem. Percebi as gotas de suor que lhe brotavam sobre o lábio superior. Pensei: "Quem faz tanto alarde em torno de uma ideia não deixará de pôr em execução pelo menos uma parte dela..." Dentro do avião estava fresco. Decolamos ao som de um arranjo orquestral de *Wohin So Schnell*, de Schubert, e nos ofereceram um copo de xerez, ao que nos entregamos às forças aceleratórias e ascendentes e à compressão da cabine, que parece natural sem sê-lo, mas que pode deixar pessoas mais sensíveis ao fenômeno sentindo a cabeça leve. Van Vlooten inclinou-se na minha direção.

— Posso lhe dizer o seguinte — disse ele com voz aguda, mas rouca e abafada —, naquela manhã acordei extraordinariamente descansado.

Estava ofegante.

15

Uma manhã ensolarada de maio. Como era o costume, havia sido o primeiro a levantar-se da cama. Puxou as cortinas, atrás das quais as janelas haviam permanecido toda a noite abertas, para inalar o ar que vinha do jardim, ainda úmido mas aquecido pelo sol, e, mais adiante, o aroma de areia das dunas que não davam passagem ao fragor do mar, já que não soprava a mais leve brisa naquele dia. Ele já conhecia tudo aquilo desde que se dera por gente, e permaneceu alguns minutos parado a fim de sentir o mistério do momento em que tudo o que já foi nos avisa que está se movendo irrevogavelmente, que já se encontra a caminho de transformar-se no que será. Seria esse o destino?

E, vinte minutos depois, tomaria o destino a aparência de uma mulher, um homem e um menino sentados à mesa do desjejum? Talvez sim, talvez só pela metade, sendo que a outra metade do destino consistiria no próprio coração, encolhido, ensanguentado, continuando a bater encarniçado.

— Por que você não está comendo? — quis saber Suzanna, que nunca fora de muito falar nos cumprimentos matinais.

Ele fez como se não a tivesse ouvido e perguntou ao filho, mecanicamente:

— Benno, com que você sonhou esta noite?

O menino começou a contar algo que não lhe interessava minimamente, mas que o fez pensar com um quê de assustador: "Daqui a pouco! Daqui a pouco tudo voltará à calma, inteiramente reorganizado!"

Levantou-se com a xícara de café nas mãos, sobre cuja borda ele mantinha pousado o indicador para saber quanto líquido se encontrava nela. Muito lentamente, como se já descansando de atos cuja execução ele ainda não levara a cabo mas que tinha o firme propósito de realizar, cruzou a soleira da porta aberta e dirigiu-se ao pequeno pátio junto à cerca do pomar.

— Não como porque estou sem fome!

Encostado contra a parede do lado de fora, no sol, pensou: "Muito bem, já nos levantamos, praticamente terminamos o café da manhã, e eu agradeceria se Suzanna se apressasse um pouquinho para levar o nosso filho à escola." Ao consultar o relógio de pulso às apalpadelas, derramou café sobre a mão. Acabou de beber o conteúdo da xícara às pressas, colocou-a ao lado dos pés, bocejou e conteve-se em seguida para não bocejar mais. Os seus olhos lacrimejavam. De maneira que este é o início de um dia desastroso, pensou, mas ainda não aconteceu nada; tudo segue a boa e velha rotina, em que a calma, o caráter natural das coisas, e não a loucura, faz com que um homem se renda a alguma excrescência, algo inteiramente fora do comum dentro de si.

Ela buzinou ao chegar da escola às quinze para as nove, sem desligar o motor. Ele entrou no carro.

— Ao final da estrada de Wassenaar, logo na primeira curva fechada à direita, você sabe — disse ele, recostando-se no assento e espichando o pescoço, escutando e acompanhando os serpenteios do trajeto com que já se havia familiarizado no meio-tempo. Por ela limitar-se a dizer um "sim" enquanto ele indicava o caminho e, ao passar pelo Hotel das Dunas, errar o percurso e ter de dar meia-volta, ele compreendeu que ela não estava prestando muita atenção às suas palavras, distraída como estava com a cabeça em outro assunto.

— Você já deveria poder ver a construção daqui!

O lugar em questão. Ela estacionou sobre as chapas de ferro que permitiam a locomoção no terreno em construção. Céu azul límpido e mais gaivotas, suspeitou ele ao sair do carro. A uma distância de aproximadamente cinquenta metros ressoava o estrondo de um guindaste a mover a pá mecânica. Ainda não se ouvia o mar dali.

— Venha comigo.

Ele a precedeu sondando o solo com a bengala, entrando no saguão em que o ar fazia corrente por falta de portas e janelas. Por que ela não protestava? Por que ela não sugeria tomar o elevador? Subiu a passos lentos o primeiro lance de escadas como quem já conhece o trajeto e sabe distribuir bem as suas forças para cada trecho. Sem voltar-se na direção dela — por que o faria? —, resmungou algo sobre a data esperada de entrega, mas logo se calou, pois ela tampouco replicara. No segundo e terceiro lances de escada, tinha até mesmo a sensação de estar sozinho; tanto era o silêncio às suas costas que quis crer que todo o seu empreendimento estivesse troçando dele, preferindo, bem vistas as coisas, manter o *status quo* que reinava até então, abortando a ideia alucinante. Segurou firme o corrimão, mas a mão suada logo deslizou dele. Quando chegaram ao quarto andar, porém, e ele se postou ao lado de uma escada e algumas latas de tinta, ouviu nitidamente que ela ofegava, ainda que muito de leve. Foi nesse momento que teve um *insight*: "Ela sente, ela sente que algo está se passando aqui", o local enfeitiçava-a, e o perigo, o perigo que ainda não compreendia de todo e que por isso mesmo a interessava mais ainda, atraía-a com grande persuasão, fazendo-a avançar passo a passo.

Subiram mais ainda. Sobre os degraus do último andar, via-se um emaranhado de cabos elétricos e telefônicos, fios através dos quais os futuros moradores se conectariam com o mundo. Passou por eles, e os seus passos ecoavam no silêncio; dos passos dela, porém, não ouvia nada. Abanou a cabeça, enjoado. Ah! Era por culpa dela e do seu comportamento dócil e paralisante que o andar de ambos, as suas respirações e o seu silêncio agora tomassem a forma da força perigosa e impalpável de uma cerimônia!

Agora ele ansiava por estar na plataforma ao ar livre. A lufada de ar que subia pelas escadas, fria como estava, dificultava-lhe os passos. Como se não bastasse, estava com a estranha sensação de que dessa vez não era ele, mas sim ela quem não podia ver um palmo diante dos olhos e tinha de esforçar-se ao máximo para não o perder no escuro. Contou os degraus. Muita atenção, nada de pensamentos, claro que não. Esses momentos não são momentos de pensamento, mas sim da memória e de uma imaginação vívida.

O seu comportamento do dia a dia. As suas roupas. O seu cheiro. O seu bom humor e o seu mau humor. A sua voz, a bússola com que sempre acabava encontrando-a, o norte imutável num mundo em que tudo o mais era bastante móvel. Já fazia algum tempo que ela cortara a trança; o cabelo, solto, agora lhe chegava à altura dos ombros. As suas convicções tranquilas, o seu talento descritivo e a sua curiosidade. O raciocínio sensual da criatura acostumada, altas horas da noite, a adotar uma posição confortável no sofá ao seu lado. A sua cintura alargara desde o nascimento do filho, mas os seus tornozelos mantinham o diâmetro dos pulsos. As suas intermináveis conversas telefônicas. O riso alegre na companhia de amigos; era uma mulher que ele raramente ou nunca havia visto chorar. As festas que ela dava em casa. As tardes em que ficava com o filho. As noites em que saíam juntos, e o estado de ebriedade em que, já no carro, o punha o perfume em seu pescoço. A sua música. Muitas vezes havia acontecido de ele ouvi-la tocar na parte mais alta da casa, ouvir o som do violino atravessando os andares, triste, enérgico, *largamente*. Se então erguia a cabeça para escutar, tinha a sensação de que se encontrava a grande distância dela, mais para além do estojo do violino e do suporte de partituras, e das próprias partituras e dos trechos sobre que estivera debruçada sob a lâmpada, à mesa, lápis na mão.

Ele se lembrava disso tudo: uma imagem nítida e jubilosa, acompanhada por uma voz que lhe dizia: "Só mais um pouco!" Foi assim que chegou ao último lance de escadas, de onde, ao aproximar-se do teto, já podia sentir a atmosfera tênue e salgada do mar. Tenso, há muito à beira de uma crise de nervos, não tinha a menor dúvida, pois a traição dela era fato concreto, ainda que já não sentisse a mesma dor de antes.

O pé caiu pesado sobre o piso ladrilhado. Havia-se enganado na contagem dos degraus.

— Chegamos — disse.

— Você está todo trêmulo — disse ela, com um suspiro.

OUVIU-A CAMINHANDO pelos aposentos vazios. Com a planta do apartamento em mente, examinava e mobiliava a "sala de estar", o "aposento indefinido", a "cozinha", o "banheiro" e outra "sala de estar", sem dizer palavra, pelo que estava agradecido. Ele esperava. Junto às portas de vidro inteiramente abertas da sala, ele permanecia no terraço, aguçando o ouvido à espera de que ela se dirigisse ao "espaço externo", a grande atração do apartamento.

Mal pensava nela. Não pensava nela em absoluto como uma mulher que virava o pescoço, que parava por alguns instantes ou cerrava fortemente os olhos para analisar a casa em que talvez viessem a morar, enquanto sua mente alimentava um pensamento esquivo, apesar do estado de espírito peculiar em que se encontrava, uma ideia de como o seu dia se desenrolaria. Algo inconcebível para ele próprio. Da mesma maneira que sua calça de seda, larga e esportiva, com bolsos abotoáveis logo abaixo dos joelhos, os sapatos de camurça e a macia camiseta agora lhe pareciam irreais, visto que ela já passara a ser, ainda que faltasse o arremate final, o que seria a partir de então: sem futuro.

Ele percebeu que o mar recuava em maré baixa, e o rouco do que provavelmente seria um jipe da polícia costeira, que se deslocava lentamente rumo ao norte para finalmente esmorecer. Avaliando meticulosamente a posição dela a uma distância de alguns passos, não sentia a menor hesitação. Muito pelo contrário: algo deveria ser levado a cabo, e a atração mágica disso era tão forte que pôde sentir seus impulsos firmes e autoritários se manifestando nos músculos dos braços. Algo desse gênero não dá mais margem a pensar em termos de querer ou não querer, de sim ou de não. E afinal de contas já havia demonstrado no passado que o impulso de matar, que o fato de mostrar inclinação para dizer "agora", não lhe era minimamente estranho.

Ela perambulava na direção do terraço. Parou na soleira das portas corrediças. Teria parado um momento para fitar o mar e, como acontecia com qualquer um, se perdera na contemplação da infinidade de água e céu e da sua invariabilidade? Naquele momento do dia o mar apresentava uma cor mais escura que a do céu, o que se daria ao revés com a chegada do crepúsculo. Ele não disse nada e tampouco fez nenhum gesto endereçado a ela, mas cerrou os maxilares, esticou o braço, bateu mais fortemente com a bengala, percorreu os poucos passos que o separavam da emboscada, com a precisão de um decímetro, e ficou alerta. Ela lhe seguiu os passos como um animal que, a certo ponto, deixa de fugir do perigo, correndo por iniciativa própria em sua direção por sentir-se desde sempre ligado a ele indissociavelmente.

E foi assim que finalmente chegou ao lugar que deveria ocupar. Nada para ver, nada para ouvir. No entanto, ele sabia que tanto ele próprio como ela já haviam então assumido a sua posição estrita de alvo e mira, como seguindo um comando. Assim, ele respirou fundo, intensamente concentrado.

Um certo ponto ensolarado, com os operários tomando o café das nove e meia no barracão logo abaixo e, pelo que lhe dizia o coração, ali já deixara de reinar qualquer elemento de caráter pessoal. Assim era: um momento inteiramente abstrato em que deveria ter-se sentido livre como um pássaro, uma liberdade sem limites, para fazer algo de que ninguém jamais ficaria sabendo. Qual é a verdade de um segredo, um segredo cuidadosamente guardado? Quanto tempo ele se mantém intato antes de começar a manifestar uma característica inerente às suas raízes: a falsidade? Isso pode acontecer muito rapidamente. Você é o que você faz, talvez valha aqui o ditado. Um ato conservado num estado permanente de ocultação, porém, pode desaparecer da nossa vida num piscar de olhos, pois ninguém jamais nos poderá culpar de havê-lo realizado.

Foi quando ele se assustou com um ruído. Suzanna, a um palmo de onde ele próprio se encontrava, inspirou profundamente, no mínimo tão profundamente quanto ele mesmo, e um pensamento atravessou-lhe a mente em questão de um momento insano: "Ela vai espirrar!"

Ela vai ter um daqueles cômicos ataques de espirros que costuma ter com frequência.

O momento fora perdido. Ela recuava. Ouviu alguns passos cuidadosos. A constelação inteira, pulsando com uma precisão milimétrica, já se havia deslocado, inimaginavelmente para mais adiante, e o mundo havia-se-lhe esquivado por entre os dedos. Ele se mantinha imóvel, apenas virou a cabeça. Ela havia parado no umbral entre a sala e o terraço, e ele soube, com certeza absoluta, que agora se olhavam diretamente no rosto, ele com uma expressão de ódio que tudo revelava e que viria a ser para sempre o seu único rosto, ela tão impiedosamente atenta que era como se pudesse ouvi-lo pensar: "Preferia que você estivesse morta. Morta!"

Ouviu-a atravessar a sala de estar em direção às escadas.

16

— Sim, ela desceu pelas escadas.

E van Vlooten abriu desmesuradamente a boca, o que a mim, perplexo com o desenrolar dos acontecimentos que ele relatava, me pareceu tão macabro que pensei: "Ele não vai aguentar!" Foi quando eu próprio senti a pressão dolorosa nos ouvidos, pois o avião estava perdendo altura, o que fazia rapidamente.

— Salzburgo! — disse eu, consultando o relógio de pulso. Eram onze e vinte.

Van Vlooten endireitou-se no assento.

— Ela correu para a escadaria — ele retomou o relato. — E tenho quase certeza de que desceu os sete andares em carreira desabalada, um por um, o que, vendo pelo ponto de vista dela, entendo perfeitamente.

Confessei que eu também entendia. Degrau por degrau escadas abaixo, pensei, na velocidade e no ritmo dos seus próprios passos, claro, descida durante a qual tinha consciência de que a distância entre ambos aumentava, entre a ameaça de escândalo lá em cima e ela própria, um espírito morto e ressurgido, procurando pelas chaves do carro.

— Como voltou para casa? — perguntei, mostrando preocupação.

Não havia sido fácil. Van Vlooten contou-me que, chegando lá embaixo, encontrou o canteiro de obras convertido num terreno abandonado sem quaisquer ruídos. Ele errou pelo terreno arenoso, acabou perdendo a bengala, deu sem querer contra o barracão, mas este estava vazio. Perambulando aos tropeções em pleno sol, conseguiu alcançar o passeio marítimo, onde, passado um bom tempo, foi recolhido por um turista alemão que lhe deu carona. Foi assim que voltou para casa, demasiado cansado para pensar no que fosse e temendo aventurar-se pela porta e entrar. Ficou esperando no início da rampa de entrada, apoiado contra a caixa de correio, da qual emergia a metade de um jornal. Logo então percebeu que os dois carros haviam sido estacionados ali com as portas abertas, à espera. O som de passos alcançou os seus ouvidos, mas não se ouvia voz nenhuma. Segundos depois foram fechadas as portas. Os motores foram ligados.

— Eles passaram rente a mim — disse van Vlooten com uma inflexão de voz que deixava transparecer a sua infelicidade sem a menor reserva. — O cascalho bateu contra os meus pés, e senti voltar-me a razão, afiada como a lâmina de uma guilhotina. Plenamente consciente de que havia aniquilado a minha própria vida, desviei-me em direção à cerca baixa de madeira.

Aterrissamos. Quando apanhei a sua capa do bagageiro e a estendi, van Vlooten disse:

— Você é um bom rapaz! — No saguão de desembarque, ainda me perguntou as horas.

— Quase meia-noite — disse eu, enquanto, entristecido, observava que nós, companheiros de viagem chegados ao destino, agora nos distanciávamos. Quando apanhei a sua bagagem da esteira, pôs-se a andar a um passo à minha frente. Ciente de que um conhecido viria buscá-lo, pensei: "E isso é tudo", mas ele, o cego de estatura gigantesca, voltou-se ainda quando chegou no controle de passaportes, assustando toda a fila de viajantes por estacar ali com os olhos girando nas órbitas.

— Perdão. Não me leve a mal. *Entschuldigung!* — murmurei.

Avancei, esgueirando-me pela fila.

— Adeus — disse eu, apertando a sua mão, que estava fria e rígida.

Dezesseis anos mais tarde

UM DIA DE INVERNO, final de novembro, sábado. Fazia anos que eu mal pensava em ambos, mas, naquele dia, por uma coincidência, eu ficaria sabendo do desenlace da sua história. Inconscientemente, sempre partira do pressuposto de que havia sido testemunha ocular desse desenlace, em tudo o que tinha de pungente e desesperançado, no momento em que vi o crítico passar pela alfândega em Salzburgo, não tanto envelhecido quanto completamente perdido e encurvado pela pesadíssima carga que a vida representa. Não consegui mais conciliar a imagem que eu guardava de Suzanna Flier, a partir de então, com aquele homem de gênio difícil e, ainda por cima, inválido que eu conhecia, de maneira que aceitava sem maiores ponderações a suposição de que a ambiciosa amiga da minha juventude viajava com o quarteto, passando por todos os palcos europeus, devotada, além disso, a cuidar do filho.

Eu estava residindo em Boston naquela época. Tinha sido convidado para assistir a um seminário em Wiesbaden sobre *Musik für Augen und Ohren*, para dar palestras em Paris, como professor convidado, sobre Janáček e a sua fascinação pela morte das suas heroínas, assim como para outra palestra, a primeira de muitas, em Amsterdã, intitulada "O olhar de Orfeu. Engano?" Foi assim que apanhei um táxi naquele dia belo, mas frio, para viajar de Boston a Schiphol e, durante a viagem, de uma maneira tão inesperada que me tirou o fôlego, dei com os nomes de van Vlooten e a esposa Suzanna Flier, o que me fez permanecer por alguns momentos muito calado.

O tema de sua bela e terrível história, como se apresentou agora, revelou ser diferente daquele em torno do qual a minha memória já havia muito traçara um círculo.

Não digo que o casal não rondasse os meus pensamentos por um bom tempo ainda, assombrando-me até que os tivesse arquivado numa categoria da qual, na minha concepção, era oriundo. Afinal, a sociedade deste nosso mundo não é essencialmente artificial? Todas as civilizações, revoluções e façanhas: que mal há em indagações acerca dos comos e por quês? Sem Homero, nada de Shackleton, refleti certa vez, por conta de uma existência que existe de fato, num cenário terrivelmente faustoso, mas que dificilmente acaba criando algo por si própria. E assim foi que o meu interesse acabou se desviando novamente para Marius van Vlooten e Suzanna

Flier e para as diferentes etapas de seu destino. Quando van Vlooten e eu passamos pela alfândega austríaca naquela noite há muito desvanecida, estávamos ambos cansados. Ouvimos a buzina de algum veículo lá fora, ouvimos chamados e conversas, abafados pela eterna voz feminina que saía dos alto-falantes do saguão, remetendo-nos ao tema do erotismo, da loucura, da compaixão e do momento desesperado em que um casal se dá conta de que o melhor é separar-se para sempre.

Um dia ensolarado, mas frio. O jovem motorista do táxi não se preocupou com as rodinhas sob a minha mala, erguendo-a com desenvoltura e seguindo mais à frente. Ao abrir a porta do assento traseiro, percebi que ele olhava para o livro que eu tinha em mãos. Tratava-se de uma obra turca traduzida para o inglês, um romance gordo que me ajudaria a enfrentar as quase seis horas de voo que tinha pela frente, absorvendo-me da realidade em que me encontrava. O carro pôs-se em marcha; o meu olhar encontrou-se brevemente com o do motorista no espelho retrovisor. Senti que ele estava prestes a dizer algo, mudando de ideia ao perceber que eu já havia aberto o livro. Sem trocar palavra, chegamos, após uma viagem tranquila, ao aeroporto.

— Sabe essa casa deserta aí? — perguntou-me ele ao apanhar a alça da minha mala. — Eu sonho com ela de vez em quando.

No saguão de embarque, dei-me conta de como havia acertado em trazer o livro, que no meio-tempo já me cativara. O monitor indicava que o meu voo havia sido adiado, e, ao informar-me, fiquei sabendo que a aeronave KL218 era uma das que esperavam por uma limpeza de asas do gelo que se acumulava sobre elas. Não vi passar a hora e meia necessária para remediar-se o inconveniente: estive absorto na leitura. Quando por fim embarcamos, minha mente estava envolvida exclusivamente com a melancolia da casa deserta, a casa turca do meu livro. O fato, porém, é que acabei indo parar num assento — o menos cômodo — na fileira central de um Boeing 747 com capacidade para 465 passageiros, e que três dos 465 passageiros formavam um clubinho bastante alegre do qual dois membros haviam recebido dois assentos ao meu lado, um à direita e o outro à esquerda.

Distribuíram-se jornais. Apanhei um. "Ainda Longe Exército da UE", "China Promete Melhorias", "Lavagem de Dinheiro nos Países Baixos", "Tuberculose na Rússia", "Mercado Imobiliário Subindo Vertiginosamente", "Espermatozoides Masculinos se Tornarão Supérfluos", "Patrocinadores do Futebol Exigem mais Gols", "Chirac Critica Americanos", "Três Milhões pelo Manuscrito de *Ulisses*", "Nível de Dioxina Alarma..." A vida real, a práxis. Enquanto o avião decolava, eu analisava as manchetes que não se coadunavam com nada do que eu tinha na mente sobre drama e destino, nem mesmo com qualquer lógica que me dissesse o que quer que fosse. Enquanto isso, alcançamos a altitude de cruzeiro, e as duas amigas, uma de cada lado meu, travavam conversa. Por estar sentado entre elas, tinham por vezes de levantar a voz a fim de se entenderem, mas, quando lhes ofereci trocarmos de lugar, disseram: "E por quê?" Assim sendo, não pude evitar que me chamasse a atenção o fato de que as duas, que se expressavam de maneira atual e experiente como na televisão, estivessem obcecadas pela ideia de que as relações sexuais deveriam ser agradáveis, descomplicadas e variadas, e que o jovem só a intervalos objetava algo.

— Que estranho — disse a jovem morena à minha direita, que vestia uma saia curta mas larga com uma calça por baixo, dirigindo-se por exemplo à loura, que estava um pouco inclinada para a frente, do meu outro lado. — Nas minhas relações anteriores era sempre eu que me comprometia. Só Deus sabe quanto fulano ou sicrano me impressionavam, mas, hoje em dia, eu costumo pensar, uau!, que homem, que gato, mas me pergunto também: *does he meet my needs?*

A loura passou a mão pelo belo cabelo, que pendia como cortinas dos lados da cabeça, inclinou-se ainda mais para a frente e só então replicou, lançando um olhar de esguelha.

— Eu também estou farta dessa simbiose diária. Adoro os homens, mas agora os meus dias e noites são só *meus*. Tive um relacionamento fixo durante seis anos. Ele me comprava Coco Chanel e sábado sim outro não lavava as janelas do nosso apartamento. Foi então que tudo o que eu via de positivo começou a perder valor, e eu tive um *insight* do tipo: isso é tudo? Sexualmente, pensava: ele não significa muito para mim. Apesar disso eu continuava com ele. Pois é, mas agora estou com um bom salário, e foi por isso que me permiti terminar o relacionamento.

Movi o encosto do assento para trás. Uma melancolia inexplicável começou a tomar conta de mim. Das janelinhas via-se o céu já tingido com o vermelho do crepúsculo. Entre as fileiras de assentos, uma comissária, indolente, sorrindo inconsolável, distribuía toalhinhas quentes com uma pinça. Agora era ao rapaz, sentado mais longe de mim, que eu ouvia falar sobre amor e fidelidade. Quando ele objetou que o erotismo, o verdadeiro erotismo, é monogâmico pela confluência de impulsos, dirigidos a um mesmo ponto como através de uma lupa, as amigas puseram-se a fitá-lo, franzindo os cenhos como se refletissem. Só se manifestaram vivamente quando ele passou a queixar-se das colegas de trabalho, que se mostravam ariscas ao menor pretexto.

Eu fitava o vazio, ouvindo por alto a conversa, sem saber de onde me vinha aquele forte pressentimento de tragédia. O avião imóvel, que havia pouco ainda estava balançando e trepidando, fez-me pensar num navio soerguido dezenas de metros por conta das enormes ondas do oceano. Absorto em tais pensamentos, deixei o livro de lado, apanhando então o jornal que tinha sobre os joelhos, passando para uma página nova com uma leve sacudidela.

A moça à minha esquerda continuava:

— Essas coisas vêm de dentro, *that's it*! Já é fato sabido que nós somos melhores em comunicar-nos. E também que o nosso poder de liderança faz parte da nossa natureza, passando diretamente pelo instinto materno. Ou seja, temos que aproveitar, né? Seja a mulher que você é, pois, se não fizer isso, outros farão por você!

A moça da direita, refletindo:

— Nós nos divertimos imensamente no trabalho.

A da esquerda:

— Ah, mas nós também!

A da direita:

— A nossa política é em primeiro lugar física. Por que não fazer um *statement* dos nossos seios? O argumento principal não é a feminilidade? Na semana passada eu tive uma conversa no trabalho, um tema delicado sobre as comissões que eu quero receber. Até aí tudo bem. Entra o camarada, eu lhe dou a mão, peço que se sente e me volto para o lado para pegar a proposta; aí intercepto o olhar que ele lança para o meu bumbum e então começo a falar, sorrindo. Ah, como a gente se sente poderosa!

A da direita:

— Há pouco tempo eu tinha que buscar detalhes sobre *private banking*, mas uma hora eu estava cansada, na outra, com preguiça. Vou então à seção de documentação e digo ao bonitão por trás da tela do computador: "*Everyone has their limits.*" Ele ergue o olhar, eu lhe mando meu sorriso mais doce. Estava vestindo aquele meu pulôver de lã, você sabe qual. Sabendo que já tinha mexido com os hormônios dele e que ele faria o que eu pedisse, acabo confessando que não sou muito boa com essas coisas de internet, e pergunto se ele por acaso...

Ambas desataram a rir, e uma delas começou a cantarolar baixinho *I'm Climbing to the Top*.

EU DEVIA ESTAR com o olhar fixo no jornal já havia um tempinho.

Na verdade, eu não lia mais aqueles anúncios. Fazia alguns anos que deixara de acompanhar esse gênero de notícias. Emoldurados de negro, cada vez mais encontrava nomes de pessoas que eu conhecia, sendo obrigado a constatar, com um breve olhar, como se arremata uma vida humana, reduzida ao nome que a pessoa levava.

Suzanna Flier.

O coração subiu-me à garganta. Aproximei o jornal do rosto e olhei como em sonho para as duas palavras que constituíam o nome, até que se esvaísse completamente qualquer significado ligado a elas. Pus-me então a ler o obituário, com o mesmo cabeçalho antiquado de sempre:

"Para nossa grande consternação, damos a conhecer..."
Só então atinei para a realidade dos fatos. Suzanna Flier, esposa adorada e mãe, havia falecido num trágico acidente, um acidente de avião não aclarado no texto do comunicado, mas do qual eu ficara sabendo havia alguns dias pelos jornais. Ao que tudo indicava, ela estivera a bordo desacompanhada, ou, seja como for, não acompanhada por nenhum ente querido — o anúncio fora redigido em nome de quatro familiares de Wassenaar: Marius van Vlooten, Benno, Beatrijs e Lidwien — ou pelos outros três integrantes do Quarteto Schulhoff, que haviam também feito publicar um anúncio de pêsames, na mesma página.

O que dizer?

A história tinha chegado ao fim, deixando-me num estado de espanto e consternação. Os fatos haviam-se desenrolado de maneira diferente da que eu imaginava. Eu tinha gravada na mente uma realidade, que agora, passados dezesseis anos, tinha que retificar. Ergui o olhar do jornal, vi que o carrinho com as bebidas se aproximava, acenei para o comissário de bordo e, sem dizer nada, apontei para o uísque.

Costuma-se dizer que não há palavras para descrever tais situações, mas eu tinha duas.

"Então eles se reconciliaram", pensei brindando mentalmente a van Vlooten e Suzanna Flier. Excelente! Tudo se havia arranjado, quem diria? Já fazia anos que os havia perdido de vista, esquecendo-me no meio-tempo de que dois corações continuavam batendo, fogosos, ardentes e, sim!, cheios de um sentido de beleza inerente ao seu caso, ao seu caso especial. Reconciliação! Balancei a cabeça, esvaziei rapidamente o copo e perguntei a mim mesmo qual seria a próxima parada daquela linha que, na minha opinião, ainda continuaria a ser traçada por um tempo. "As obras de arte não respeitam a morte", refleti, com a mente turva. Partem do conhecido para lançar-se sobre o desconhecido, fazem disso os seus temas para devolvê-los, como esboços, à vida real. Voltei a olhar para os nomes no jornal amassado. Beatrijs e Lidwien... meninas de treze ou quatorze anos, imaginei. Filhas, talvez gêmeas, com as quais Suzanna Flier proporcionara uma alegria inimaginável ao marido.

— Outra bebida, senhor?

O comissário já desatarraxava a tampa da garrafa.

Bebi, imóvel no assento, com o cinto de segurança ainda afivelado. O acidente dera o que falar, acirrando a imaginação do público, mas, como ainda andava trabalhando nas minhas conferências, mal vira televisão. O avião, rumando de Nova York a Bruxelas, explodira no ar logo após a decolagem, no litoral de Long Island. Testemunhas oculares, cujas salas de estar davam para o oceano, haviam visto um rastro de fogo e, após o estrondo, uma fumaça branca que foi desaparecendo na direção do mar. Para os peritos era ponto pacífico que nenhum dos passageiros tivesse tido a menor oportunidade de salvar-se quando a cabine se desintegrou, abrindo sobre eles uma enorme ventosa, e a fuselagem, a 2.300 metros de altura, se converteu num inferno de fogo enquanto eram sugados e lançados sobre a derradeira e invariável intriga da vida.

Este livro foi impresso nas oficinas da
Distribuidora Record de Serviços de Imprensa S.A.
Rua Argentina, 171 – Rio de Janeiro, RJ
para a Editora José Olympio Ltda.
em abril de 2011

*

79º aniversário desta Casa de livros, fundada em 29.11.1931